PERGUNTE AO PÓ

JOHN FANTE
PERGUNTE AO PÓ

TRADUÇÃO DE **ROBERTO MUGGIATI**

19ª edição

Rio de Janeiro, 2022

Título original inglês:
ASK THE DUST

© 1939, 1980 by John Fante
Prefácio © 1980, by Charles Bukowski
Publicado mediante acordo com o Ecco e impresso pela HarperCollins Publishers, Inc.

Capa
Leonardo Iaccarino

Foto de capa
Car Culture/Getty Images

Foto do autor
Bill Peters/The Denver Post/Getty Images

CIP-BRASIL. CATALOGAÇÃO NA FONTE
SINDICATO NACIONAL DOS EDITORES DE LIVROS, RJ

F217p
19ª ed.

Fante, John, 1909-1983
Pergunte ao Pó / John Fante; tradução de Roberto Muggiati. – 19ª ed. – Rio de Janeiro: José Olympio, 2022.

Tradução de: Ask the dust
ISBN 978-85-03-00753-5

1. Ficção americana. I. Muggiati, Roberto, 1937-. II. Título.

13-0657

CDD: 813
CDU: 821.111(71)-3

Texto revisado segundo o novo Acordo Ortográfico da Língua Portuguesa.

Reservam-se os direitos desta edição à
EDITORA JOSÉ OLYMPIO LTDA.
Rua Argentina, 171 – 3º andar – São Cristóvão – 20921-380 – Rio de Janeiro, RJ – República Federativa do Brasil – Tel.: (21) 2585-2000

Impresso no Brasil

ISBN 978-85-03-00753-5

Atendimento e venda direta ao leitor:
sac@record.com.br

EDITORA AFILIADA

PREFÁCIO

Eu era um jovem, passando fome, bebendo e tentando ser escritor. Fazia a maior parte das minhas leituras na Biblioteca Pública de Los Angeles, no centro da cidade, e nada do que eu lia tinha a ver comigo ou com as ruas ou com as pessoas que me cercavam. Parecia que todo mundo estava fazendo jogos de palavras, que aqueles que não diziam quase nada eram considerados excelentes escritores. O que escreviam era uma mistura de sutileza, técnica e forma, e era lido, ensinado, ingerido e passado adiante. Era uma tramoia confortável, uma Cultura-de-Palavra muito elegante e cuidadosa. Era preciso voltar aos escritores russos pré-Revolução para se encontrar alguma aventura, alguma paixão. Havia exceções, mas estas exceções eram tão poucas que a leitura delas era feita rapidamente, e você ficava a olhar para fileiras e fileiras de livros extremamente chatos. Com séculos para se recorrer, com todas as suas vantagens, os modernos não chegavam a ser muito bons.

Eu tirava livro após livro das estantes. Por que ninguém dizia algo? Por que ninguém gritava?

Tentei outras salas na biblioteca. A seção de religião era apenas um vasto pantanal... para mim. Entrei na de filosofia. Encontrei alguns alemães amargos que me animaram por algum tempo, depois passou. Tentei matemática, mas a alta matemática

[5]

era exatamente como a religião: me escapava. O que *eu* precisava parecia estar ausente por toda a parte.

Tentei geologia e a achei curiosa mas, no fim, não sustentável.

Encontrei alguns livros sobre cirurgia e gostei deles: as palavras eram novas e as ilustrações maravilhosas. Apreciei e memorizei particularmente a operação do cólon.

Então larguei a cirurgia e voltei à grande sala dos escritores de romances e de contos. (Quando havia suficiente vinho barato para beber eu nunca ia à biblioteca. Uma biblioteca era um bom lugar para se estar quando você não tinha nada para comer ou beber e a senhoria estava à procura de você e do aluguel atrasado. Na biblioteca, pelo menos, você podia usar os toaletes.) Eu via um bom número de outros vagabundos ali, a maioria dormindo sobre os livros.

Eu continuava dando voltas na grande sala, tirando livros das estantes, lendo algumas linhas, algumas páginas, e depois os colocando de volta.

Então, um dia, puxei um livro e o abri, e lá estava. Fiquei parado de pé por um momento, lendo. Como um homem que encontrara ouro no lixão da cidade, levei o livro para uma mesa. As linhas rolavam facilmente através da página, havia um fluxo. Cada linha tinha sua própria energia e era seguida por outra como ela. A própria substância de cada linha dava uma forma à página, uma sensação de algo *entalhado* ali. E aqui, finalmente, estava um homem que não tinha medo da emoção. O humor e a dor entrelaçados a uma soberba simplicidade. O começo daquele livro foi um milagre arrebatador e enorme para mim.

Eu tinha um cartão da biblioteca. Tomei o livro emprestado, levei-o ao meu quarto, subi à minha cama e o li, e sabia, muito antes de terminar, que aqui estava um homem que havia desenvolvido uma maneira peculiar de escrever. O livro era *Pergunte ao pó* e o autor era John Fante. Ele se tornaria uma influência no meu modo de escrever para a vida toda. Terminei *Pergunte ao pó* e procurei outros livros de Fante na biblioteca. Encontrei dois: *Dago Red* e *Espere a primavera, Bandini*. Eram da mesma ordem, escritos das entranhas e do coração.

Sim, Fante causou um importante efeito sobre mim. Não muito depois de ler esses livros, comecei a viver com uma mulher. Era uma bêbada pior do que eu e tínhamos discussões violentas, e frequentemente eu berrava para ela: "Não me chame de filho da puta! *Eu sou Bandini, Arturo Bandini!*"

Fante foi meu deus e eu sabia que os deuses deviam ser deixados em paz, a gente não batia nas suas portas. No entanto, eu gostava de adivinhar onde ele teria morado em Angel's Flight e achava possível que ainda morasse lá. Quase todo dia eu passava por lá e pensava: é esta a janela pela qual Camilla se arrastou? E é aquela a porta do hotel? É aquele o saguão? Nunca fiquei sabendo.

Trinta e nove anos depois, reli *Pergunte ao pó*. Vale dizer, eu o reli neste ano e ele ainda está de pé, como as outras obras de Fante, mas esta é a minha favorita, porque foi minha primeira descoberta da *mágica*. Existem outros livros além de *Dago Red* e *Espere a primavera, Bandini*. São *Full of Life* e *The Brotherhood of the Grape*. E, neste momento, Fante tem um romance em andamento, *Sonhos de Bunker Hill*.

Por meio de outras circunstâncias, finalmente conheci o autor este ano. Existe muito mais na história de John Fante. É uma história de uma terrível sorte e de um terrível destino e de uma rara coragem natural. Algum dia será contada, mas acho que ele não quer que eu a conte aqui. Mas deixem-me dizer que o jeito de suas palavras e o jeito do seu jeito são o mesmo: forte, bom e caloroso.

E basta. Agora este livro é seu.

Charles Bukowski
5-6-1979

Para Joyce, com amor

CAPÍTULO UM

Uma noite, eu estava sentado na cama do meu quarto de hotel, em Bunker Hill, bem no meio de Los Angeles. Era uma noite importante na minha vida, porque eu precisava tomar uma decisão quanto ao hotel. Ou eu pagava ou eu saía: era o que dizia o bilhete, o bilhete que a senhoria havia colocado debaixo da minha porta. Um grande problema, que merecia atenção aguda. Eu o resolvi apagando a luz e indo para a cama.

De manhã, acordei e decidi que devia fazer mais exercício físico, e comecei imediatamente. Fiz vários exercícios de flexão. Escovei os dentes, senti gosto de sangue, vi pontos rosados na escova de dentes, lembrei-me da propaganda e decidi sair para tomar café.

Fui ao restaurante aonde sempre costumava ir, sentei-me na banqueta diante do longo balcão e pedi café. Tinha um gosto muito parecido ao de café, mas não valia o níquel. Sentado ali, fumei uns dois cigarros, li as súmulas dos resultados dos jogos da Liga Americana. Escrupulosamente evitei as súmulas dos resultados dos jogos da Liga Nacional, e notei com satisfação que Joe DiMaggio ainda era um motivo de glória para a gente italiana, porque liderava a liga como batedor.

Um grande taco, aquele Joe DiMaggio. Saí do restaurante, parei diante de um arremessador imaginário e completei o circuito das bases saltando por cima da cerca. Desci a rua então na

[11]

direção de Angel's Flight, pensando no que fazer daquele dia. Mas nada havia a fazer, por isso decidi caminhar pela cidade.

Desci a Olive Street passando por um prédio de apartamentos velho e encardido que ainda estava úmido como um mata-borrão do nevoeiro da noite passada, e pensei em meus amigos Ethie e Carl, que eram de Detroit e haviam vivido lá, e lembrei-me da noite em que Carl bateu em Ethie porque ela ia ter um bebê e ele não queria. Mas tiveram o bebê e a coisa ficou por isso mesmo. E lembrei-me do interior daquele apartamento, como cheirava a camundongos e pó, e das velhas que ficavam sentadas no saguão, nas tardes quentes, e da velha com as pernas bonitas. Havia ainda o ascensorista, um homem alquebrado de Milwaukee, que parecia escarnecer toda vez que você pedia o seu andar, como se fosse um tremendo idiota por escolher aquele determinado andar, o ascensorista que sempre tinha uma bandeja de sanduíches no elevador e uma revista de histórias policiais.

Desci a ladeira então na Olive Street, passando pelas horríveis casas com vigamento de madeira recendendo a histórias de assassinatos, e depois da Olive Street até o Philarmonic Auditorium, e lembrei-me de ter ido lá com Helen para ouvir o Coral dos Cossacos do Don, e de como fiquei aborrecido e tivemos uma briga por causa disto, e lembrei do que Helen vestia naquele dia... um vestido branco, que me falava ao pau quando eu tocava nele. Oh, aquela Helen... mas não aqui.

E assim cheguei à esquina da Quinta com Olive, onde os grandes bondes mastigavam os ouvidos da gente com o seu barulho e o cheiro de gasolina fazia a visão das palmeiras parecer triste e o pavimento negro ainda molhado do nevoeiro da noite anterior.

E agora eu estava em frente ao Biltmore Hotel, caminhando ao longo da fileira de táxis amarelos, com todos os taxistas dormindo, exceto o que estava perto da porta principal, e pensei nestes sujeitos e no conhecimento que têm dos lugares, e lembrei-me da vez em que Ross e eu conseguimos um endereço com um deles, como ele deu um olhar de soslaio devasso e nos levou a Temple Street, de todos os lugares, e quem encontramos lá senão duas muito pouco atraentes, e Ross seguiu em frente, mas eu fiquei sentado na sala de estar e botei o fonógrafo para tocar e me senti assustado e solitário.

Eu estava passando pelo porteiro no Biltmore e o detestei de imediato, com seus alamares amarelos, seu metro e oitenta de altura e toda aquela dignidade, e então um automóvel preto se aproximou do meio-fio e um homem desceu. Parecia rico; e então saiu uma mulher e era bonita, sua pele era de uma raposa-prateada e era uma canção através da calçada e entrando pelas portas de vaivém, e pensei "puxa rapaz que tal um pouco daquilo, apenas um dia e uma noite daquilo", e ela era um sonho enquanto continuei caminhando, seu perfume ainda no ar úmido da manhã.

Aí um montão de tempo se passou quando parei diante da vitrine de uma tabacaria e fiquei olhando, e o mundo inteiro se apagou exceto aquela vitrine, e fiquei ali e fumei todos os cachimbos e me vi como um grande autor com aquele alinhado italiano de urze-branca e uma bengala desembarcando de um grande carro preto e ela estava lá também, orgulhosa como o diabo de mim, a dama da pele de raposa-prateada. Nos registramos no hotel, tomamos coquetéis e dançamos um pouco, tomamos outro coquetel e recitei alguns versos do sânscrito, e o mundo era tão maravilhoso porque a cada dois minutos uma deslumbrante olhava para mim, o grande autor, e eu não podia deixar de autografar o seu menu, e a garota da raposa-prateada ficava morrendo de ciúmes.

Los Angeles, dê-me um pouco de você! Los Angeles, venha a mim do jeito que eu vim a você, meus pés sobre suas ruas, bela cidade que adorei tanto, triste flor na areia, bela cidade.

Um dia e outro dia e o dia anterior e a biblioteca com os grandões nas estantes, o velho Dreiser e o velho Mencken, todos os garotões ali, fui visitá-los, Olá Dreiser, Olá Mencken, Olá, olá: existe um lugar para mim também, e começa com B, na estante do B, Arturo Bandini, abram caminho para Arturo

Bandini, o espaço para o seu livro, e eu me sentava à mesa e simplesmente ficava olhando para o lugar onde meu livro estaria, bem ali perto de Arnold Bennett; não era grande coisa aquele Arnold Bennett, mas eu estaria ali como que para valorizar os bês, o velho Arturo Bandini, um dos garotões, até que aparecesse uma garota, um odor de perfume através da sala da ficção, um estalido de saltos altos para quebrar a monotonia da minha fama. Dia de gala, sonho de gala!

Mas a senhoria, a senhoria de cabelos brancos continuava escrevendo aqueles bilhetes: era de Bridgeport, Connecticut, seu marido morrera e ela estava totalmente sozinha no mundo e não confiava em ninguém, não podia se dar ao luxo, ela me disse, e disse que eu teria de pagar. Estava crescendo como a dívida nacional, eu teria de pagar ou sair, cada centavo — cinco semanas de atraso, vinte dólares, e se não pagasse ela prenderia minhas malas; só que eu não tinha malas, eu só tinha uma valise e era de papelão sem nem sequer uma alça, porque a alça estava ao redor da minha barriga segurando minhas calças, e não era grande coisa, porque não sobrava muito das minhas calças.

— Acabei de receber uma carta do meu agente — disse a ela. — Meu agente em Nova York. Diz que vendi outro conto; não diz para onde, mas diz que vendeu um. Portanto não se preocupe, Sra. Hargraves, não se atormente, devo receber dentro de um ou dois dias.

Mas ela não podia acreditar num mentiroso como eu. Não era realmente uma mentira; era um desejo, não uma mentira, e talvez não fosse sequer um desejo, talvez fosse um fato e a única maneira de descobrir era vigiar o carteiro, vigiá-lo de perto, checar a correspondência quando ele a deixava no balcão do saguão, perguntar-lhe à queima-roupa se tinha algo para Bandini. Mas eu não tinha de perguntar depois de seis meses naquele hotel. Ele me via chegando e sempre acenava com a cabeça sim ou não antes que eu perguntasse: não, três milhões de vezes; sim, uma.

Um dia, uma carta bonita chegou. Sim, eu recebia um monte de cartas, mas esta foi a única carta bonita e chegou de manhã e dizia (falava de *O cachorrinho riu*) que ele tinha lido *O cachorrinho riu* e gostado; ele dizia: Sr. Bandini, se alguma vez na vida eu vi um gênio, é o senhor. Seu nome era Leonardo, um grande crítico italiano, só que não era conhecido como crítico, era apenas um homem de West Virginia, mas era grande e era um crítico, e morreu. Estava morto quando minha carta via aérea chegou em West Virginia e sua irmã mandou-a de volta. Ela também escreveu uma bonita carta, também uma bela crítica, dizendo-me que Leonardo morrera de tuberculose, mas foi feliz até o fim, e uma das últimas coisas que fez foi soerguer-se na cama e me escrever sobre *O cachorrinho riu*: um sonho tirado da vida, mas muito importante; Leonardo, morto agora, um santo no céu, igual a qualquer apóstolo dos doze.

Todo mundo no hotel lera *O cachorrinho riu*, todo mundo: uma história que você não consegue parar de ler, e não era sobre um cachorro: uma história inteligente, de gritante poesia. E o grande editor, nada menos do que J. C. Hackmuth, com seu nome assinado como chinês, disse numa carta: uma grande história e sinto-me orgulhoso de publicá-la. A Sra. Hargraves leu e tornei-me um homem diferente a seus olhos depois disso. Acabei ficando naquele hotel e não jogado no frio, só que muitas vezes era no calor, em função de *O cachorrinho riu*. A Sra. Grainger do 345, uma seguidora da Ciência Cristã (quadris maravilhosos, mas meio velha), de Battle Creek, Michigan, sentada no saguão esperando a morte, e *O cachorrinho riu* a trouxe de volta à terra, e aquele brilho nos olhos dela me fez saber que a história acertara e que eu estava certo, mas eu esperava que me perguntasse sobre minhas finanças, como eu estava indo, e então pensei por que não lhe pedir que me emprestasse cinquinho, mas não o fiz e saí estalando os dedos de desgosto.

O hotel se chamava Alta Loma. Fora construído na encosta de um morro ao reverso, no cume de Bunker Hill, construído contra o declive do morro, de modo que o andar principal estava no nível da rua, mas o décimo andar ficava dez níveis abaixo. Se você tinha o quarto 862, entrava no elevador e descia oito andares, e para ir onde ficava o depósito você não descia, mas subia ao sótão, um andar acima do principal.

Oh, uma namorada mexicana! Eu pensava nela o tempo todo, minha garota mexicana. Não tinha nenhuma, mas as ruas estavam cheias delas, a Plaza e Chinatown estavam pegando fogo com elas e à minha maneira eram minhas, esta e aquela, e um dia, quando outro cheque chegasse, seria um fato. Por enquanto, era de graça e elas eram princesas astecas e princesas maias, os peões femininos no Grande Mercado Central, na Igreja de Nossa Senhora, e até fui à missa para dar uma olhada nelas. Era uma conduta sacrílega, mas era melhor do que não ir, e quando eu escrevia para casa no Colorado, para minha mãe, eu podia escrever a verdade. Querida mãe: fui à missa no último domingo. No Grande Mercado Central, eu topava com as princesas acidentalmente de propósito. Dava-me uma chance de falar com elas e eu sorria e dizia "me desculpe". Aquelas garotas maravilhosas, tão felizes quando você agia como um cavalheiro, e tudo aquilo simplesmente para tocar nelas e carregar a memória para o meu quarto, onde o pó se acumulava sobre minha máquina de escrever e Pedro, o camundongo, se sentava no seu buraco, os olhos negros me observando através daquele tempo de sonho e divagação.

Pedro, o camundongo, um bom camundongo, mas nunca domesticado, recusando-se a ser mimado ou amestrado. Eu o vi na primeira vez que entrei no meu quarto e foi nos meus dias de apogeu, quando *O cachorrinho riu* estava no número de agosto corrente. Foi há cinco meses, no dia em que cheguei à cidade de ônibus do Colorado, com cento e cinquenta dólares no bolso e com grandes planos na cabeça. Eu tinha uma filosofia naqueles dias. Amava o homem e a besta igualmente e Pedro não era exceção; mas o queijo ficou caro, Pedro chamou todos os seus amigos, o quarto ficou cheio deles e eu tive de desistir e alimentá-los com pão. Não gostaram do pão. E os havia estragado e foram para outro lugar, todos menos Pedro, o asceta, que se contentava em comer as páginas da Bíblia de Gedeão.

Ah, aquele primeiro dia! A Sra. Hargraves abriu a porta do meu quarto e lá estava, com um tapete vermelho no chão, gravuras do campo inglês nas paredes e um chuveiro anexo. O quarto ficava no sexto andar abaixo, quarto 678, perto da frente do morro, com minha janela no mesmo nível da encosta verdejante, e não havia necessidade de uma chave, pois a janela estava sempre aberta. Daquela janela vi minha primeira palmeira, a menos de dois metros de distância, e naturalmente pensei no Domingo de Ramos, no Egito e em Cleópatra, mas a palmeira tinha os galhos meio negros, manchada por monóxido de carbono que saía do túnel da rua Três, seu tronco encrostado sufocado de pó e areia soprados pelos desertos de Mojave e Santa Ana.

Querida mãe, eu costumava escrever para casa no Colorado, querida mãe, as coisas estão definitivamente melhorando. Um grande editor esteve na cidade e almocei com ele e assinamos um contrato para um número de contos, mas não vou tentar aborrecê-la com todos os detalhes, querida mãe, porque sei que não se interessa por literatura e sei que papai não se interessa, mas é realmente um excelente contrato, só que não começa a vigorar antes de dois meses. Por isso me mande dez dólares, mãe, me mande cinco, mãe querida, porque o editor (eu lhe diria o nome dele, mas sei que não se interessa por tais coisas) está decidido a me lançar no seu maior projeto.

Querida mãe e prezado Hackmuth, o grande editor — eles recebiam a maioria da minha correspondência, praticamente toda a minha correspondência. O velho Hackmuth, com sua carranca e cabelos repartidos ao meio, o grande Hackmuth, com uma caneta igual a uma espada, seu retrato estava na minha

[17]

parede autografado com a sua assinatura que parecia chinês. Olá, Hackmuth, eu dizia, Jesus como você sabe escrever! Então vieram os dias magros e Hackmuth recebeu grandes cartas de mim. Meu Deus, Sr. Hackmuth, há algo errado comigo: a velha energia se foi e não consigo mais escrever. Acha, Sr. Hackmuth, que o clima daqui tem algo a ver com isso? Por favor, me diga. O senhor acha, Sr. Hackmuth, que eu escrevo tão bem quanto William Faulkner? Por favor, me diga. O senhor acha, Sr. Hackmuth, que o sexo tem algo a ver com isso, porque, Sr. Hackmuth, porque, porque, e eu contei tudo a Hackmuth. Contei-lhe da garota loura que encontrei no parque. Contei-lhe como investi, como a garota loura caiu. Contei-lhe toda a história, só que não era verdade, era uma mentira maluca — mas era alguma coisa. Eu estava escrevendo, mantendo-me em contato com os grandes, e ele sempre respondia. Puxa, rapaz, ele era ótimo! Respondia imediatamente, um grande homem se sensibilizando com os problemas de um homem de talento. Ninguém recebia tantas cartas de Hackmuth, ninguém a não ser eu, e eu as levava comigo e as relia e beijava. Postava-me diante do retrato de Hackmuth implorando, dizendo-lhe que escolhera um dos bons desta vez, um dos grandes, um Bandini, Arturo Bandini, eu.

Os dias magros de determinação. Aquela era a palavra certa: determinação: Arturo Bandini diante de sua máquina de escrever dois dias inteiros seguidos, determinado a vencer; mas não funcionou, o mais longo esforço de determinação inflexível em sua vida, e nem uma linha produzida, apenas uma palavra escrita repetidamente por toda a página, de alto a baixo, a mesma palavra: palmeira, palmeira, palmeira, uma batalha mortal entre mim e a palmeira, e a palmeira ganhou: eu a vi lá fora oscilando no ar azul, rangendo suavemente no ar azul. A palmeira ganhou depois de dois dias de luta e eu me arrastei janela afora e sentei-me ao pé da árvore. O tempo passou, um momento ou dois, e eu dormi, pequenas formigas marrons fazendo farra nos pelos das minhas pernas.

CAPÍTULO DOIS

Eu tinha vinte anos na época. Que diabo, eu dizia, não se apresse, Bandini. Você tem dez anos para escrever um livro, vá com calma, saia e aprenda sobre a vida, caminhe pelas ruas. Este é o seu problema: sua ignorância da vida. Ora, meu Deus, rapaz, você percebe que nunca teve uma experiência com uma mulher? Oh sim, eu tive, oh sim, tive bastante. Oh não, você não teve. Precisa de uma mulher, precisa de um banho, precisa de um bom empurrão, precisa de dinheiro. Dizem que é um dólar, dois dólares nos lugares chiques, mas na Plaza é um dólar; maravilha, mas você não tem um dólar e outra coisa, seu covarde, ainda que tivesse um dólar não iria, porque teve uma chance, certa vez em Denver, e não foi. Não, seu covarde, teve medo, e ainda tem medo, e está feliz por não ter um dólar.

Com medo de uma mulher! Ah, grande escritor este aqui! Como pode escrever sobre mulheres se nunca teve uma mulher? Ora, seu miserável farsante, seu mentiroso, não admira que não consiga escrever! Não admira que não houvesse uma mulher em *O cachorrinho riu*. Não admira que não fosse uma história de amor, seu tolo, seu escolar boboca.

Escrever uma história de amor, aprender sobre a vida.

O dinheiro chegou pelo correio. Não um cheque do poderoso Hackmuth, não uma aceitação de *The Atlantic Monthly* ou

[19]

The Saturday Evening Post. Apenas dez dólares, apenas uma fortuna. Minha mãe mandou: alguns trocados de apólices de seguros, Arturo, eu as recebi pelo seu valor em dinheiro e esta é a sua parte. Mas eram dez dólares; um manuscrito ou outro, pelo menos algo fora vendido.

Enfie no bolso, Arturo. Lave o rosto, penteie os cabelos, coloque algo para cheirar bem enquanto se olha no espelho procurando cabelos grisalhos; porque você está preocupado, Arturo, está preocupado, e isto traz cabelos grisalhos. Mas não havia nenhum, nem um fio. Sim, e o olho esquerdo? Parecia descolorido. Cuidado, Arturo Bandini: não force a vista, lembre-se do que aconteceu com Tarkington, lembre-se do que aconteceu com James Joyce.

Nada mau, parado no meio do quarto, falando com o retrato de Hackmuth, nada mau, Hackmuth, você vai ter uma história sobre isto. Como estou, Hackmuth? Você às vezes pensa, Herr Hackmuth, em como é a minha cara? Você às vezes se pergunta se ele é bonito, aquele sujeito Bandini, autor do brilhante *O cachorrinho riu?*

Uma vez em Denver, houve outra noite como esta, só que eu não era um autor em Denver, mas estava num quarto como este e fazia esses planos, e era desastroso porque o tempo todo eu pensava na Virgem Santíssima e *não cometerás adultério* e a esforçada garota sacudiu a cabeça tristemente e teve de desistir, mas aquilo foi há muito tempo e esta noite a coisa vai mudar.

Saí pela janela e escalei a encosta até o alto de Bunker Hill. Uma noite para o meu nariz, uma festa para o meu nariz, cheirando as estrelas, cheirando as flores, cheirando o deserto e o pó adormecido, no alto de Bunker Hill. A cidade espalhava-se como uma árvore de Natal, vermelha, verde e azul. Olá, velhas casas, belos hambúrgueres cantando nos cafés baratos, Bing Crosby cantando também. Ela vai me tratar gentilmente. Não daquelas garotas da minha infância, não daquelas garotas da

minha adolescência, daquelas garotas dos meus dias de universidade. Elas me assustavam, eram inseguras, me recusavam; mas
não minha princesa, porque ela vai entender. Ela também foi
menosprezada.

Bandini, caminhando sozinho, não alto, mas sólido, orgulhoso dos seus músculos, apertando o punho para gratificar-se no
duro deleite dos seus bíceps, o absurdamente destemido Bandini,
sem medo de nada a não ser do desconhecido num mundo de
misteriosa maravilha. Os mortos ressuscitaram? Os livros dizem
não, a noite grita sim. Tenho vinte anos, cheguei à idade da razão, vou caminhar pelas ruas lá embaixo, procurando uma mulher. Minha alma já está maculada, deveria voltar atrás, tenho
um anjo a me proteger, as preces de minha mãe aplacam meus
medos, as preces de minha mãe me aborrecem?

Dez dólares: vão pagar o aluguel por duas semanas e meia,
vão me comprar três pares de sapatos, dois pares de calças ou
mil selos dos correios para enviar material para os editores; não
me diga! Mas você não tem nenhum material, seu talento é dú-
bio, seu talento é deplorável, você não tem nenhum talento e
pare de mentir para si mesmo dia após dia, porque você sabe
que *O cachorrinho riu* não presta e nunca vai prestar.

Então você caminha ao longo de Bunker Hill e sacode o punho
para o céu e eu sei o que está pensando, Bandini. Os pensamentos
de seu pai antes de você, fustigam-lhe as costas, esquentam-lhe a
cabeça, e a culpa não é sua: este é o seu pensamento, que você
nasceu de pais miseráveis, pressionados porque eram pobres, fu-
giu da sua pequena cidade do Colorado porque era pobre, perambula pelas sarjetas de Los Angeles porque é pobre, esperando
escrever um livro para ficar rico, porque aqueles que o odiavam
lá no Colorado não vão odiá-lo se escrever um livro. Você é um
covarde, Bandini, um traidor da sua alma, um péssimo mentiroso diante do seu Cristo ensanguentado. É por isso que escreve, é
por isso que seria melhor que você morresse.

Sim, é verdade: mas vi casas em Bel-Air com refrescantes gramados e piscinas verdes. Desejei mulheres das quais só os sapatos valiam tudo o que jamais possuí. Vi tacos de golfe na rua Seis, na vitrine da Spalding, que me deixam ávido só de pegar neles. Mortifiquei-me por uma gravata como um homem santo por indulgências. Admirei chapéus no Robinson's da maneira como os críticos ficam boquiabertos diante de Michelangelo.

Desci os degraus de Angel's Flight até Hill Street: cento e quarenta degraus, com os punhos cerrados, sem medo de homem algum, mas apavorado pelo túnel da rua Três, apavorado de atravessá-lo a pé — claustrofobia. Apavorado por lugares altos também e por sangue e por terremotos; fora isso, bastante corajoso, excetuando a morte, exceto o medo de que eu vá gritar numa multidão, exceto o medo de apendicite, exceto o medo de problemas cardíacos, a tal ponto que, sentado no seu quarto segurando o relógio e apertando a veia jugular, contando as batidas do coração, ouvindo o ronrom e o zunzum do seu estômago. Fora isso, bastante corajoso.

Eis aqui uma ideia com dinheiro: estes degraus, a cidade lá embaixo, as estrelas quase ao alcance da mão: ideia do tipo mocinho encontra mocinha, um bom enredo, ideia para dinheiro graúdo. A mocinha mora num prédio de apartamentos cinza, o mocinho é um errante. Rapaz — ele sou eu. A mocinha tem fome. Garota rica de Pasadena odeia dinheiro. Deliberadamente deixou os milhões de Pasadena por causa de tédio, cansaço do dinheiro. Uma bela garota, deslumbrante. Grande história, conflito patológico. Garota com fobia de dinheiro: situação freudiana. Outro sujeito a ama, sujeito rico. Sou pobre. Encontro o rival. Eu o arraso com meu humor cáustico e também o surro com os punhos. A garota, impressionada, cai por mim. Oferece-me milhões. Caso com ela na condição de que continue pobre. Ela concorda. Mas o final é feliz: a garota me ilude com um imenso fundo de custódia no dia em que nos casamos. Fico indignado, mas a perdoo porque a amo. Boa ideia, mas algo está faltando: a história é da Collier's.

Querida mãe, obrigado pela nota de dez dólares. Meu agente anuncia a venda de outro conto, desta vez para uma grande revista em Londres, mas parece que eles não pagam antes da publicação, por isso sua pequena soma chega em boa hora para vários fins.

Fui ao espetáculo de variedades. Consegui o melhor assento possível, um dólar e dez centavos, bem debaixo de um conjunto de coristas com quarenta traseiros puídos: um dia, todos eles serão meus: vou ter um iate e partiremos em cruzeiros pelos Mares do Sul. Nas tardes quentes, elas dançarão para mim no convés ensolarado. Mas as minhas serão mulheres maravilhosas, selecionadas da nata da sociedade, rivais para as alegrias do meu camarote particular. Bem, isto é bom para mim, isto é experiência, estou aqui por uma razão, estes momentos rendem páginas, o lado desagradável da vida.

Então Lola Linton surgiu, coleante como uma cobra de cetim entre o tumulto de pés que sibilam e batem, Lola Linton lasciva, coleando e saqueando meu corpo, e quando ela terminou, meus dentes doíam em meus maxilares cerrados e detestei os porcos sujos e ignorantes ao meu redor, gritando a sua parcela de uma alegria mórbida que me pertencia.

Se mamãe vendeu as apólices, as coisas deviam estar duras para o Velho e eu não devia estar aqui. Quando era garoto, fotos de Lola Linton me vinham às mãos e eu ficava tão impaciente com o lento rastejar do tempo e da meninice, ansiando por este momento, e aqui estou e não mudei nem tenho as Lolas Lintons, mas eu me imaginava rico e sou pobre.

A rua Principal depois do show, meia-noite: tubos de néon e um leve nevoeiro, cabarés e cinemas abertos a noite toda. Lojas de artigos de segunda mão e salões de dança filipinos, coquetéis a quinze centavos, diversão contínua, mas eu já tinha visto tudo isto tantas vezes, gastei tanto dinheiro do Colorado neles.

Deixavam-me solitário como um homem com sede segurando um copo, e caminhei até o bairro mexicano com uma sensação de doença sem dor. Aqui estava a Igreja de Nossa Senhora, muito antiga, a argila escurecida pela idade. Por motivos sentimentais, vou entrar. Por motivos sentimentais apenas. Não li Lenin, mas o ouvi citado: a religião é o ópio do povo. Falando comigo mesmo nos degraus da igreja: sim, o ópio do povo. Quanto a mim, sou ateu: li *O anticristo* e o considero uma obra capital. Acredito na transposição de valores, cavalheiro. A Igreja precisa acabar, é o refúgio da burroguesia, de bobos e brutos e de todos os baratos charlatães.

Puxei a imensa porta, abrindo-a, e ela emitiu um pequeno grito como um choro. Acima do altar, crepitava a luz eterna vermelho-sangue, iluminando em sombra carmesim a quietude de quase dois mil anos. Era como a morte, mas também me fazia lembrar de bebês chorando no batizado. Ajoelhei-me. Era um hábito, ajoelhar. Sentei-me. Melhor ajoelhar, pois a pontada aguda nos joelhos era uma distração da terrível quietude. Uma prece. Certo, uma prece: por motivos sentimentais. Deus Todo-Poderoso, lamento ser agora um ateu, mas o Senhor leu Nietzsche? Ah, que livro! Deus Todo-Poderoso, vou jogar limpo nesta questão. Vou Lhe fazer uma proposta. Faça de mim um grande escritor e eu voltarei à Igreja. E Lhe peço, caro Deus, mais um favor: faça minha mãe feliz. Não me importo com o Velho; ele tem seu vinho e sua saúde, mas minha mãe se preocupa tanto. Amém.

Fechei a porta que chorava e fiquei parado nos degraus, o nevoeiro como um imenso animal branco por toda parte, a Plaza como nosso tribunal lá de casa, embrulhado pela neve num silêncio branco. Mas todos os sons viajavam rápidos e seguros através da densidade, e o som que ouvi era o estalido de saltos altos. Uma garota apareceu. Vestia um velho casaco verde, o rosto moldado num cachecol verde amarrado debaixo do queixo. Nas escadas, estava Bandini.

— Olá, querido — disse ela, sorrindo, como se Bandini fosse seu marido, ou seu amante. Então pisou no primeiro degrau e ergueu o olhar para ele. — Que tal, querido? Me deixa mostrar como pode se divertir?

Amante ousado, ousado e descarado Bandini.

— Não — disse ele. — Não, obrigado. Não esta noite.

Afastou-se às pressas, deixando-a a olhar para suas costas, dizendo palavras que ele perdeu na fuga. Caminhou meio quarteirão. Estava satisfeito. Pelo menos ela o abordara. Pelo menos ela o identificara como um homem. Assobiou uma canção de puro prazer. Homem elegante tem experiência universal. Escritor célebre fala de uma noite com mulher da rua. Arturo Bandini, famoso escritor, revela experiência com prostituta de Los Angeles. Críticos aclamam livro belamente escrito.

Bandini (sendo entrevistado antes de partir para a Suécia): Meu conselho para todos os jovens escritores é bastante simples. Eu lhes recomendaria que nunca evitassem uma nova experiência. Eu os instaria a viver a vida em estado bruto, a atracar-se com ela bravamente, a golpeá-la com os punhos nus.

Repórter: Sr. Bandini, como veio a escrever este livro que lhe deu o Prêmio Nobel?

Bandini: O livro se baseia numa experiência real que me aconteceu certa noite em Los Angeles. Cada palavra daquele livro é verdadeira. Eu vivi aquele livro, eu o experimentei.

Basta. Eu vi tudo. Virei-me e caminhei de volta à igreja. O nevoeiro estava impenetrável. A garota se fora. Continuei caminhando: talvez pudesse alcançá-la. Na esquina, eu a vi de novo. Estava parada conversando com um mexicano alto. Andaram, atravessaram a rua e entraram na Plaza. Eu os segui. Meu Deus, um mexicano! Mulheres como esta deviam respeitar a barreira da cor. Eu o detestava, o latino, o sebento. Caminharam debaixo das bananeiras na Plaza, seus pés ecoando no nevoeiro. Ouvi o mexicano rir. Então a garota riu. Atravessaram a rua e cami-

[25]

nharam até uma viela que era a entrada de Chinatown. Os letreiros orientais em néon deixavam o nevoeiro rosado. Numa pensão ao lado de um restaurante de *chop-suey*, eles viraram e subiram as escadas. Do outro lado da rua, num andar superior, havia um baile em andamento. Ao longo da pequena rua, táxis amarelos estavam parados de ambos os lados. Encostei-me no para-lama dianteiro do táxi em frente da pensão e esperei. Acendi um cigarro e esperei. Até que o inferno congele, vou esperar. Até que Deus me golpeie e mate, vou esperar.

Meia hora se passou. Ouvi sons nos degraus. O mexicano apareceu. Parou no nevoeiro, acendeu um cigarro e bocejou. Então sorriu distraidamente, encolheu os ombros e seguiu em frente, o nevoeiro o arrebatando. Vá em frente e sorria. Seu latino fedorento... está rindo do quê? Você vem de uma raça arrasada e fodida, e só porque levou para a cama uma de nossas garotas brancas sorri. Acha que teria tido uma chance se eu a aceitasse nos degraus da igreja?

Um momento depois, os degraus soaram com o estalido de saltos e a garota pisou no nevoeiro. A mesma garota, o mesmo casaco verde, o mesmo cachecol. Ela me viu e sorriu.

— Olá, querido. Quer se divertir?

Vá com calma, Bandini.

— Oh — falei. — Talvez. E talvez não. Qual é a sua?

— Suba comigo e venha ver, querido.

Pare com esse riso abafado, Arturo. Seja suave.

— Quem sabe eu vou subir — falei. — Ou quem sabe, não.

— Ora, querido, vamos lá.

Os ossos magros do seu rosto, o odor de vinho acre da sua boca, a terrível hipocrisia da sua doçura, a fome de dinheiro em seus olhos.

Bandini falando: Quanto é que está custando hoje em dia?

Ela pegou no meu braço, puxou-me para a porta, mas gentilmente.

[26]

— Vamos subir, querido. Vamos falar disso lá em cima.

— Não estou muito a fim — disse Bandini. — Eu... eu acabo de vir de uma festa maluca.

Ave Maria cheia de graça, subindo as escadas, não posso embarcar nessa. Preciso cair fora. Os corredores cheirando a barata, uma luz amarela no teto, você é estético demais para tudo isto, a garota segurando meu braço, há algo errado com você, Arturo Bandini, você é um misantropo, sua vida inteira está condenada ao celibato, devia ter sido padre, Padre O'Leary falando naquela tarde, contando a nós das alegrias da renúncia e o dinheiro de minha própria mãe, além do mais, Ó Maria concebida sem pecado, rezai por nós que a vós recorremos — até que chegamos ao alto das escadas e caminhamos ao longo de um corredor empoeirado e escuro até um quarto no final, onde ela apagou a luz e entramos.

Um quarto menor que o meu, sem tapete, sem quadros, uma cama, uma mesa, uma pia. Ela tirou o casaco. Havia um vestido de algodão estampado em azul por baixo. As pernas estavam nuas. Tirou o cachecol. Não era uma loura de verdade. Cabelos negros cresciam perto da raiz. Seu nariz era ligeiramente torto. Bandini na cama, postou-se ali com um ar casual, como um homem que sabia sentar-se numa cama.

Bandini: Lugarzinho simpático o seu.

Meu Deus, eu preciso sair daqui, isto é terrível.

A garota sentou-se do meu lado, colocou os braços ao meu redor, empurrou os seios contra mim, beijou-me, varreu meus dentes com uma língua fria. Saltei e fiquei de pé. Oh, pense rápido, minha cabeça, querida cabeça minha por favor me tire disso e nunca mais vai acontecer de novo. A partir de agora, vou voltar para a minha igreja. A partir de hoje, minha vida vai correr como água doce.

A garota recostou-se, as mãos atrás da nuca, as pernas sobre a cama. Vou cheirar lilases em Connecticut, não há dúvida, antes de morrer, e ver as igrejinhas brancas limpas e reticentes da minha juventude, as trancas do pasto que rompi para fugir.

— Escute — falei. — Quero conversar com você.

Ela cruzou as pernas.

— Sou um escritor — eu disse. — Estou juntando material para um livro.

— Eu sabia que era escritor — disse ela. — Ou um homem de negócios ou qualquer coisa. Você tem um jeito espiritual, querido.

— Sou um escritor, sabe. Gosto de você e tudo mais. É simpática, gosto de você. Mas quero conversar primeiro.

Ela sentou-se na cama.

— Não tem dinheiro, querido?

Dinheiro — oh. E puxei do bolso um rolo pequeno e grosso de notas de um dólar. Claro que tenho dinheiro, muito dinheiro, isto é uma gota no oceano, dinheiro não é problema, dinheiro nada significa para mim.

— Quanto você cobra?

— São dois dólares, querido.

Então dê-lhe três, desfolhe as notas com facilidade, como se não fosse absolutamente nada, sorria e passe a ela, porque dinheiro não é problema, tem mais de onde veio este, neste momento mamãe está sentada perto da janela segurando o rosário, esperando que o Velho volte para casa, mas tem dinheiro, sempre tem dinheiro.

Ela pegou o dinheiro e o colocou debaixo do travesseiro. Estava agradecida e seu sorriso era diferente agora. O escritor queria conversar. Como eram as condições nos dias atuais? Se ela gostava desse tipo de vida? Ora, vamos lá, querido, chega de conversa, vamos ao que interessa. Não, quero conversar com você, isto é importante, livro novo, material. Faço isto com frequência. Como foi parar neste ramo? Oh querido, pelo amor de Deus, vai me perguntar isto também? Mas dinheiro não é problema, estou dizendo. Mas meu tempo é valioso, querido. Então tome aqui mais dois dólares. São portanto cinco, meu Deus, cinco paus e ainda não saí daqui, como odeio você, sua suja. Mas é mais limpa do que eu, porque não tem nenhuma mente para vender, apenas aquela pobre carne.

Ela ficou desarmada, faria qualquer coisa. Eu podia ter o que quisesse e ela tentou puxar-me para si, mas não, vamos esperar um pouco. Quero conversar com você, estou dizendo que dinheiro não é problema, tome mais três, com isso são oito paus e compre um belo presente para você. E então estalei os dedos como um homem se lembrando de algo, algo importante, um compromisso.

— Ouça! — falei. — Lembrei agora. Que horas são?

Seu queixo estava no meu pescoço, acariciando-o.

— Não se preocupe com o tempo, querido. Pode ficar a noite inteira.

Um homem importante, ah sim, agora me lembrei, meu editor está para chegar esta noite de avião. Em Burbank, lá longe em Burbank. Preciso pegar um táxi até lá, tenho de ir correndo. Adeus, adeus, fique com esses oito paus, compre uma lembrança bonita para você, adeus, adeus, correndo escada abaixo, correndo para longe, o bem-vindo nevoeiro na porta lá embaixo, fique com esses oito paus, oh doce nevoeiro, eu vejo você e estou chegando, ar limpo, mundo maravilhoso, estou chegando, adeus, gritando escada acima, vejo você de novo, fique com esses oito dólares e compre algo bonito para você. Oito dólares escorrendo pelos meus dedos, oh Jesus, me mate e mande meu corpo para casa, me mate e me faça morrer como um tolo pagão sem nenhum padre para me absolver, nenhuma extrema-unção, oito dólares, oito dólares....

CAPÍTULO TRÊS

O s dias magros, céus azuis sem nunca uma nuvem, um mar azul dia após dia, o sol flutuando através dele. Os dias de fartura — fartura de preocupações, fartura de laranjas. Comidas na cama, comidas ao almoço, engolidas como jantar. Laranjas, cinco centavos a dúzia. Luz do sol no céu, suco do sol no meu estômago. No mercado japonês, ele me via chegando, aquele japonês sorridente com rosto de lua, e pegava um saco de papel. Um homem generoso, me dava às vezes quinze, às vezes vinte por um níquel.

— Gosta de banana?

Claro, e então me dava duas bananas. Uma agradável inovação, suco de laranja e bananas.

— Gosta de maçã?

Claro, e então me dava umas maçãs. Aqui havia algo novo: laranjas e maçãs.

— Gosta de pêssegos?

Com certeza, e eu voltava com o saco pardo para o meu quarto. Uma inovação interessante, pêssegos e laranjas. Meus dentes os dilaceravam numa polpa, os sucos espetando e choramingando no fundo do meu estômago. Era tão triste lá embaixo, no meu estômago. Havia muita choradeira e pequenas nuvens sombrias de gás beliscavam meu coração.

[31]

Meu apuro me empurrava para a máquina de escrever. Sentava-me diante dela tomado de pesar por Arturo Bandini. Às vezes, uma ideia pairava inofensivamente através do quarto. Era como um pequeno pássaro branco. Não fazia por mal. Só queria me ajudar, o pobrezinho do pássaro. Mas eu o golpeava, martelava o teclado, e ele morria em minhas mãos.

O que estava acontecendo comigo? Quando garoto eu rezara para Santa Teresa pedindo uma caneta nova. Minha prece foi atendida. Acabei ganhando uma caneta-tinteiro nova. Agora eu rezava para Santa Teresa de novo. Por favor, doce e adorável santa, me dê uma ideia. Mas ela também me desertou, todos os deuses me desertaram, e como Huysmans estou sozinho, os punhos cerrados, lágrimas nos olhos. Se apenas alguém me amasse, até um percevejo, até um camundongo, mas aquilo também pertencia ao passado; até Pedro me abandonara agora que o melhor que eu podia lhe oferecer era casca de laranja.

Pensei na minha casa, no espaguete nadando no suculento molho de tomate, sufocado em queijo parmesão, nas tortas de limão da mamma, nos assados de carneiro e pão quente, e me senti tão miserável que deliberadamente enfiei as unhas na carne do meu braço até que uma mancha de sangue apareceu. Senti grande satisfação. Eu era a criatura mais miserável de Deus, forçado até a me torturar. Seguramente sobre esta terra nenhuma dor era maior do que a minha.

Hackmuth precisa saber disso, o poderoso Hackmuth, que encorajava gênios nas páginas da sua revista. Prezado Sr. Hackmuth, escrevi, descrevendo o passado glorioso, prezado Hackmuth, página após página, o sol uma bola de fogo no oeste, lentamente estrangulando numa massa de nevoeiro que subia fora da costa.

Houve uma batida na minha porta, mas fiquei quieto, porque devia ser aquela mulher atrás do seu desgraçado aluguel. A porta se abriu e um rosto calvo, ossudo e barbudo apareceu. Era o Sr. Hellfrick, que morava no quarto ao lado. O Sr. Hellfrick era um ateu, reformado do Exército, vivendo de uma magra pensão que mal dava para pagar suas contas de bebida, embora comprasse o gim mais barato do mercado. Vivia perpetuamente num roupão de banho cinza sem cinto ou botões, e embora fizesse menção de modéstia realmente não ligava, de modo que seu roupão estava sempre aberto e você via um monte de pelos e ossos debaixo dele. O Sr. Hellfrick tinha olhos vermelhos, porque toda tarde, quando o sol batia no lado oeste do hotel, ele dormia com a cabeça para fora da janela, o corpo e as pernas para dentro. Devia-me quinze centavos desde o meu primeiro dia no hotel, mas depois de muitas tentativas inúteis de cobrar, eu desistira para sempre de ter o dinheiro de volta. Isto causara um rompimento entre nós, por isso fiquei surpreso quando a cabeça dele surgiu no vão da minha porta.

Entrecerrou os olhos com um ar de segredo, colocou um dedo nos lábios e fez psiu para que eu ficasse quieto, embora eu não tivesse dito palavra. Queria que sentisse minha hostilidade, lembrar-lhe que eu não tinha respeito por um homem que deixava de cumprir suas obrigações. Fechou a porta silenciosamente e atravessou o quarto na ponta dos pés com seus dedos ossudos, o roupão bem aberto.

— Gosta de leite? — sussurrou.

Eu seguramente gostava e disse isso a ele. Revelou então o seu plano. O homem que fazia a distribuição do leite Alden, em Bunker Hill, era amigo seu. Toda manhã, às quatro, este homem estacionava o caminhão de leite atrás do hotel e subia pelas escadas dos fundos até o quarto de Hellfrick para beber gim.

— Portanto — disse ele — se você gosta de leite, tudo o que tem a fazer é se servir.

Sacudi a cabeça.

— Isto é muito desprezível, Hellfrick — e pensei na amizade entre Hellfrick e o leiteiro. — Se é seu amigo, por que tem de roubar o leite? Ele bebe o seu gim. Por que não lhe pede leite?

— Mas eu não bebo leite — disse Hellfrick. — Estou fazendo isso por você.

Aquilo parecia uma tentativa de se safar da dívida que tinha comigo. Sacudi a cabeça.

— Não, obrigado, Hellfrick. Gosto de me considerar um homem honesto.

Encolheu os ombros e envolveu-se no roupão.

— Ok, garoto. Estava só tentando fazer um favor.

Continuei minha carta para Hackmuth, mas comecei a sentir gosto de leite quase que imediatamente. Depois de algum tempo, não podia aguentar mais. Deitei-me na cama na semiescuridão, deixando-me cair em tentação. Em pouco tempo toda resistência se foi e bati na porta de Hellfrick. Seu quarto era uma loucura, revistas baratas de bangue-bangue pelo chão, uma cama com os lençóis encardidos, roupas jogadas por toda parte e cabides na parede conspicuamente nus, como dentes quebrados numa caveira. Havia pratos nas cadeiras, guimbas de cigarros esmagadas nos peitoris das janelas. Seu quarto era como o meu, exceto pelo fato de que tinha um pequeno fogão a gás num canto e prateleiras para panelas e frigideiras. Ele tinha um acordo especial com a senhoria, de modo que fazia sua própria limpeza e arrumava a cama, só que não fazia nada disso. Hellfrick ficava sentado numa cadeira de balanço com seu roupão de banho, garrafas de gim ao redor dos pés. Bebia de uma garrafa na sua mão. Estava sempre bebendo, dia e noite, mas nunca ficava bêbado.

— Mudei de ideia — disse a ele.

Encheu a boca de gim, rolou a bebida nas bochechas e engoliu num êxtase.

— É moleza — disse. Levantou-se e atravessou o quarto em direção das calças, que estavam jogadas. Por um momento, pensei que fosse devolver o dinheiro que me devia, mas apenas remexeu misteriosamente nos bolsos e voltou de mãos vazias para a cadeira. Fiquei parado ali.

— Isto me lembra — falei. — Será que podia me pagar o dinheiro que lhe emprestei?

— Não tenho — disse.

— Podia me pagar uma parte, digamos, dez centavos? Sacudiu a cabeça.

— Um níquel?

— Estou quebrado, garoto.

Tomou outro gole. Era uma garrafa nova, quase cheia.

— Não posso lhe conseguir nenhum dinheiro, garoto. Mas vou garantir que tenha todo o leite de que precisar.

E explicou. O leiteiro ia chegar por volta das quatro. Eu devia ficar acordado e ouvir quando batesse na porta. Hellfrick manteria o leiteiro ocupado durante pelo menos vinte minutos. Era um suborno, um meio de escapar ao pagamento da dívida, mas eu estava faminto.

— Mas devia pagar suas dívidas, Hellfrick. Estaria em maus lençóis se eu lhe cobrasse juros.

— Vou lhe pagar, garoto — disse ele. — Vou lhe pagar cada centavo, assim que puder.

Voltei ao meu quarto, batendo a porta de Hellfrick com raiva. Não queria parecer cruel na questão, mas isto estava indo longe demais. Sabia que o gim que bebia lhe custava pelo menos cinquenta centavos o litro. Certamente ele poderia controlar sua sede de álcool o tempo suficiente para pagar suas dívidas.

A noite chegou relutante. Fiquei sentado na janela, enrolando alguns cigarros com fumo picado e folhas de papel higiênico. Este tabaco fora um capricho meu em tempos mais prósperos. Eu comprara uma lata e o cachimbo para fumar viera grátis, preso à lata por um elástico. Mas eu perdera o cachimbo. O tabaco era tão grosseiro que não valia a pena ser fumado em papel de cigarro comum, mas enrolado numa folha dupla de papel higiênico era poderoso e compacto, às vezes pegando fogo.

A noite chegou lentamente, primeiro o seu odor refrescante e depois a escuridão. Além da minha janela, espraiava-se a grande cidade, as lâmpadas das ruas, os tubos de néon vermelhos, azuis e verdes explodindo para a vida como brilhantes flores noturnas. Eu não tinha fome, havia muitas laranjas debaixo da cama e a misteriosa risadinha na boca do meu estômago não passava de grandes nuvens de fumaça de tabaco extraviadas por ali, tentando freneticamente encontrar um meio de escape.

Aconteceu finalmente: eu ia me tornar um ladrão, um barato ladrão de leite. Aqui estava o seu famoso gênio que não deu em nada, seu escritor de um conto só: um ladrão. Segurei a cabeça nas mãos e balancei para a frente e para trás. Mãe de Deus. Manchetes nos jornais, promissor jovem escritor apanhado roubando leite, famoso protegido de J. C. Hackmuth arrastado para o tribunal sob acusação de pequenos furtos, repórteres enxameando ao meu redor, *flashes* estourando, dê-nos uma declaração, Bandini, como foi que aconteceu? Bem, amigos, foi assim: vocês sabem, eu tenho realmente muito dinheiro, grandes vendas de manuscritos e tudo mais, mas estava escrevendo uma história sobre um sujeito que rouba um litro de leite e queria escrever a partir da experiência, pois foi isto o que aconteceu, amigos. Fiquem atentos à reportagem no *Post*, dei o título de "Ladrão de leite". Deixem-me seus endereços e vou mandar-lhes cópias de cortesia.

Mas não aconteceria daquele jeito, porque ninguém conhece Arturo Bandini e você vai pegar seis meses, vão levá-lo para a cadeia municipal e vai ser um criminoso, e o que dirá sua mãe? e o que dirá seu pai? e está ouvindo aqueles sujeitos no posto de gasolina em Boulder, Colorado, não consegue ouvi-los zombando do grande escritor apanhado roubando um litro de leite? Não faça isto, Arturo! Se tem um pingo de decência, não faça isto!

Levantei-me da cadeira e caminhei para cima e para baixo. Deus Todo-Poderoso, dê-me forças! Contenha esta ânsia criminosa! E, de repente, o plano todo parecia barato e tolo, pois naquele momento pensei em outra coisa para escrever em minha carta ao grande Hackmuth, e durante duas horas eu escrevi, até que minhas costas doessem. Quando olhei pela janela para o grande relógio no St. Paul Hotel, eram quase onze horas. A carta para Hackmuth era muito comprida — eu já tinha vinte páginas. Li a carta. Parecia tola. Senti o sangue em meu rosto corado. Hackmuth me julgaria um idiota por escrever tal bobagem pueril. Juntei as páginas e joguei na cesta de papéis. Amanhã seria outro dia e amanhã eu poderia ter uma ideia para um conto. Enquanto isso, ia comer duas laranjas e ir para a cama.

Eram umas laranjas miseráveis. Sentado na cama, enfiei as unhas em suas cascas finas. Minha própria carne se franziu, minha boca se encheu de saliva e apertei os olhos ao pensar nelas. Quando mordi a polpa amarela, fiquei arrepiado como num chuveiro frio. Oh Bandini, falando com o reflexo no espelho da penteadeira, quantos sacrifícios você faz por sua arte! Podia ser um capitão de indústria, um comerciante rico, um jogador de beisebol da grande liga, o arremessador líder com uma média de 415; mas não! Aqui está você, arrastando-se ao longo dos dias, um gênio passando fome, fiel à sua sagrada vocação. Que coragem você possui!

Fiquei na cama, sem sono na escuridão. Poderoso Hackmuth, o que ele diria de tudo isto? Aplaudiria, sua poderosa pena me louvaria em frases bem-torneadas. E afinal aquela carta, para Hackmuth, não era uma carta tão ruim assim. Levantei-me, resgatei-a da cesta de papéis e a reli. Uma carta notável, cautelosamente bem-humorada. Hackmuth a acharia muito divertida. Ficaria impressionado com o fato de que eu era justamente o autor de O cachorrinho riu. Eta história boa! E abri uma gaveta cheia de cópias da revista que publicou o conto. Deitado na cama, eu o li de novo, rindo e rindo do seu humor, murmurando assombrado que eu a escrevera. Então comecei a ler em voz alta,

[37]

com gestos, diante do espelho. Quando terminei, havia lágrimas de deleite em meus olhos e fiquei postado diante do retrato de Hackmuth, agradecendo-lhe por reconhecer meu gênio.

Sentei-me diante da máquina de escrever e continuei a carta. A noite aprofundou-se, as páginas se avolumaram. Ah, se tudo que escrevesse fosse tão fácil como uma carta para Hackmuth! As páginas se amontoavam, vinte e cinco, trinta, até que olhei para o meu umbigo, onde detectei um pneu de gordura. A ironia daquilo! Eu estava engordando: as laranjas estavam me enchendo! Imediatamente fiquei de pé e fiz uma porção de exercícios. Contorci-me, retorci-me e rolei. O suor escorreu e a respiração ficou ofegante. Sedento e exausto, joguei-me na cama. Um copo de leite frio seria ótimo agora.

Naquele momento, ouvi uma batida na porta de Hellfrick. E o grunhido de Hellfrick enquanto alguém entrava. Não podia ser outro senão o leiteiro. Olhei para o relógio: eram quase quatro horas. Vesti-me rapidamente: calças, sapatos sem meias e um suéter. O corredor estava deserto, sinistro na luz vermelha de uma velha lâmpada elétrica. Caminhei deliberadamente, nada furtivo, como um homem que vai ao lavatório no fim do corredor. Dois lances de escadas lamurientas e irritantes, e estava no andar térreo. O caminhão vermelho e branco do leite Alden estava parado perto da parede do hotel, na viela encharcada pela lua. Enfiei a mão no caminhão e agarrei duas garrafas de litro firmemente pelo gargalo. Pareciam frescas e deliciosas no meu punho. Eram como entes humanos. Eram tão bonitas, tão gordas e prósperas.

Você, Arturo! Eu disse, seu sortudo! Podem ter sido as preces de sua mãe e talvez Deus ainda o ame, apesar de se meter com ateus, mas seja como for, você tem sorte.

Em lembrança dos velhos tempos, pensei, e em lembrança dos velhos tempos, ajoelhei-me e dei graças, como fazíamos na escola primária, como nossa mãe nos ensinara em casa: Abençoainos, Ó Senhor, e a estas Suas dádivas, que estamos para receber de Suas mais dadivosas mãos, através do mesmo Cristo, Nosso Senhor, Amém. E acrescentei ainda outra oração. Muito tempo depois que o leiteiro deixou o quarto de Hellfrick, eu ainda estava de joelhos, meia hora completa de orações, até que me sentia faminto pelo gosto do leite, até que meus joelhos doíam e uma dor imprecisa pulsava nas minhas omoplatas.

Quando me levantei, tropecei por causa dos músculos com cãibra, mas ia valer a pena. Tirei a escova de dentes do copo, abri uma das garrafas e servi um copo cheio. Virei-me e encarei o retrato de J. C. Hackmuth na parede.

— A você, Hackmuth! À sua saúde!

E bebi, avidamente, até que minha garganta subitamente engasgou e se contraiu e um gosto horrível me sacudiu. Era o tipo de leite que eu detestava. Era leitelho. Cuspi, lavei a boca com água e corri para ver a outra garrafa. Era leitelho também.

CAPÍTULO QUATRO

Em Spring Street, num bar do outro lado da rua, diante da loja de artigos de segunda mão. Com meu último níquel, fui lá para uma xícara de café. Um local no velho estilo, serragem no chão, nus de um desenho cru lambuzados nas paredes. Era um bar onde velhos se reuniam, onde a cerveja era barata e choca, onde o passado permanecia inalterado.

Sentei-me a uma das mesas junto à parede. Lembro-me de que sentei com a cabeça entre as mãos. Ouvi a voz dela sem erguer os olhos. Lembro-me de que disse: "deseja alguma coisa?", e falei algo sobre café com creme. Fiquei sentado ali até que a xícara estivesse diante de mim, fiquei sentado muito tempo assim, pensando na desesperança do meu destino.

Era um café muito ruim. Quando o creme foi misturado, percebi que não era creme coisa alguma, pois formou uma cor acinzentada e o gosto era de trapos fervidos. Era o meu último níquel e aquilo me deixou zangado. Procurei com o olhar a garota que me havia servido. Estava umas cinco ou seis mesas adiante, servindo cervejas de uma bandeja. Suas costas estavam voltadas para mim e vi a maciez firme de seus ombros debaixo de um guarda-pó branco, o leve traço de músculo nos braços e os cabelos negros tão espessos e luzidios caindo-lhe pelos ombros.

Finalmente virou-se para mim e acenei para ela. Mostrou apenas uma ligeira atenção, abrindo os olhos numa expressão de distanciamento entediado. Exceto pelo contorno do rosto e pelo brilho dos dentes, não era bonita. Mas, naquele momento, ela se virou e sorriu para um de seus velhos fregueses, e vi uma risca de branco sob seus lábios. Seu nariz era maia, achatado com grandes narinas. Seus lábios, carregados de batom vermelho, tinham a espessura dos lábios de uma negra. Era um tipo racial e, como tal, era bonita, mas estranha demais para mim. Seus olhos eram bem oblíquos, sua pele escura, mas não negra, e quando caminhava seus seios moviam-se de um jeito que não deixava dúvida quanto à firmeza deles.

Ignorou-me depois daquele primeiro olhar. Foi até o balcão, onde pediu mais cerveja e esperou que o *barman* magro a tirasse. Enquanto esperava, assobiou, olhou para mim vagamente e continuou a assobiar. Eu tinha parado de acenar, mas deixei claro que queria que viesse à minha mesa. Subitamente ela abriu a boca para o teto e riu da maneira mais misteriosa, de modo que até o *barman* ficou intrigado com a risada. E então saiu dançando, balançando a bandeja graciosamente, escolhendo o caminho através das mesas até um grupo distante nos fundos do bar. O *barman* seguiu-a com os olhos, ainda confuso com sua risada. Mas eu entendi a sua risada. Era para mim. Estava rindo de mim. Havia algo na minha aparência, em meu rosto, minha postura, algo em mim sentado ali que a divertira e, ao pensar naquilo, cerrei os punhos e me examinei com humilhação raivosa. Toquei nos meus cabelos: estavam penteados. Mexi no colarinho e na gravata: estavam limpos e corretos. Estiquei-me até o alcance do espelho do bar, onde vi o que era certamente um rosto preocupado e pálido, mas não um rosto engraçado, e fiquei muito zangado.

Comecei a zombar dela, eu a observava fixamente e zombava. Ela não veio à minha mesa. Movimentou-se perto dela, até mesmo da mesa ao lado, mas não se aventurou além disso. Cada vez que via o rosto escuro, os grandes olhos negros exibindo sua risada, eu contorcia os lábios para demonstrar que estava escarnecendo. Tornou-se um jogo. O café esfriou, ficou gelado, uma espuma de leite juntou-se na superfície, mas não toquei na xícara. A garota mexia-se como uma dançarina, suas fortes pernas sedosas juntando pedaços de serragem enquanto seus sapatos esfarrapados deslizavam sobre o chão de mármore.

Aqueles sapatos eram *huaraches*, as tiras de couro enroladas várias vezes ao redor dos seus tornozelos. Eram *huaraches* desesperadamente maltrapilhos; o couro trançado se desenredara. Quando os vi, fiquei muito agradecido, pois era um defeito nela que merecia crítica. Ela, alta com ombros retos, uma garota de uns vinte anos, impecável à sua maneira, exceto pelos *huaraches* esfarrapados. Por isso fixei meu olhar neles, observei-os atenta e deliberadamente, chegando até a virar minha cadeira e torcer o pescoço para fitá-los, escarnecendo e rindo comigo mesmo. Visivelmente eu estava tirando tanta satisfação disto quanto ela de olhar meu rosto, ou seja lá o que a divertisse. Isto exerceu um efeito poderoso sobre ela. Gradualmente suas piruetas e sua dança amainaram e ela meramente corria de um lado para o outro, e com o tempo traçava o seu caminho furtivamente. Estava embaraçada, e uma vez eu a vi olhar para baixo rapidamente e examinar os pés, e dentro de poucos minutos não ria mais; em vez disso, havia uma ferocidade no seu rosto e finalmente ela olhava para mim com um ódio amargo.

Eu agora exultava, estranhamente feliz. Sentia-me relaxado. O mundo estava cheio de pessoas tumultuosamente engraçadas. O *barman* magro olhou na minha direção e eu lhe dei uma piscada de olhos como um cumprimento de camarada. Ele balançou a cabeça em sinal de retribuição. Suspirei e recostei-me na cadeira, em paz com a vida.

Ela não havia recolhido o níquel do café. Teria de fazê-lo, a não ser que eu o deixasse na mesa e saísse. Mas eu não ia sair. Esperei. Meia hora se passou. Quando corria até o balcão para pegar mais cerveja, ela não esperava mais diante da balaustrada à vista de todos. Dava a volta por trás do bar. Não olhava mais para mim, mas eu sabia que ela sabia que eu a observava.

Finalmente caminhou direto até minha mesa. Caminhava com orgulho, o queixo empinado, as mãos pendendo ao lado do corpo. Eu queria olhar, mas não conseguia. Desviei a vista, sorrindo o tempo todo.

— Deseja mais alguma coisa? — ela perguntou.

Seu guarda-pó branco cheirava a goma.

— Chama este troço de café? — eu disse.

Subitamente ela riu de novo. Foi um guincho, uma risada maluca como o fragor de pratos, e passou tão rapidamente quanto começou. Olhei de novo para seus pés. Eu podia sentir algo dentro dela recuando. Eu queria machucá-la.

— Talvez isto não seja nem café — falei. — Talvez seja só água depois que ferveram seus sapatos sujos nela.

Ergui a vista para seus olhos negros flamejantes.

— Talvez nem seja culpa sua. Talvez você seja simplesmente desleixada. Mas se eu fosse uma garota, não ia aparecer numa viela da rua Principal com esses sapatos.

Eu estava ofegante quando terminei. Seus lábios grossos tremiam e os punhos nos bolsos se contorciam debaixo da goma endurecida.

— Odeio você — ela disse.

Senti seu ódio. Podia cheirá-lo, até ouvi-lo saindo dela, mas zombei de novo.

— Espero que sim — falei. — Porque deve haver algo muito bom num sujeito que merece o seu ódio.

Então ela disse uma coisa estranha; lembro-me claramente.

— Espero que você morra de um ataque cardíaco — falou.
— Aí mesmo, nesta cadeira.

Isto a deixou muito contente, embora eu ainda risse. Ela se afastou sorrindo. Parou diante do balcão de novo, esperando mais cerveja, e seus olhos estavam grudados em mim, brilhantes com o seu estranho desejo, e eu me sentia pouco à vontade, mas ainda ria. Agora ela voltava a dançar, deslizando de mesa em mesa com sua bandeja, e toda vez que eu olhava para ela, ela sorria o seu desejo, até que exerceu um misterioso efeito sobre mim, tornei-me consciente do meu organismo, da batida do meu coração e da palpitação no meu estômago. Senti que ela não voltaria mais à minha mesa e lembro-me de que fiquei contente com isto, e que uma estranha inquietação tomou conta de mim, o que me deixou ansioso para sair daquele lugar e sair do campo do seu sorriso persistente. Antes de ir embora, fiz algo que me agradou muito. Tirei os cinco centavos do bolso e coloquei na mesa. E então derramei o café sobre a moeda. Ela teria de limpar toda a sujeira com sua toalha. A feiura marrom espalhou-se por toda a mesa e, quando me levantei para sair, estava escorrendo para o chão. Na porta, parei para olhar mais uma vez para ela. Exibia o mesmo sorriso. Acenei com a cabeça para o café derramado. Então ergui os dedos numa saudação de despedida e caminhei para a rua. Uma vez mais era como antes, o mundo estava cheio de coisas divertidas.

Não lembro o que fiz depois que a deixei. Talvez tenha ido para o quarto de Benny Cohen, perto do Grande Mercado Central. Ele tinha uma perna de pau com uma portinhola. Dentro dela guardava cigarros de maconha. Vendia por quinze centavos a unidade. Vendia também jornais, o *Examiner* e o *Times*. Tinha um quarto empilhado até o teto de exemplares de *The New Masses*. Talvez ele me tenha entristecido, como sempre, com sua sombria e horrível visão do mundo de amanhã. Talvez tenha erguido os dedos manchados debaixo do meu nariz e me amaldiçoado por trair o proletariado do qual eu vinha. Talvez, como sempre, tenha me mandado trêmulo para fora do seu quarto descendo as escadas empoeiradas até a rua embaçada pelo nevoeiro, meus dedos coçando para estrangular a garganta de um imperialista. Talvez sim, talvez não; não me lembro.

Mas lembro daquela noite no meu quarto, as luzes do St. Paul Hotel lançando bolhas vermelhas e verdes através de minha cama enquanto, deitado, eu tremia e sonhava com a raiva daquela garota, ou com o jeito como ela dançava de mesa em mesa, e o brilho negro de seus olhos. Disto eu me lembro, até mesmo esquecendo que era pobre e não tinha nenhuma ideia para um conto.

Procurei-a cedo, na manhã seguinte. Oito horas e lá estava eu em Spring Street. Tinha no bolso um exemplar de *O cachorrinho riu*. Ela ia me ver com outros olhos se lesse aquela história. Eu o tinha autografado, bem no bolso traseiro, pronto para presenteá-lo ao menor sinal. Mas o lugar estava fechado àquela hora da manhã. Chamava-se Columbia Buffet. Encostei o nariz no vidro e olhei lá dentro. As cadeiras estavam empilhadas sobre as mesas e um velho com botas de borracha esfregava o chão. Desci a rua um quarteirão ou dois, o ar úmido já azulado de gás monóxido. Uma bela ideia me veio à cabeça. Peguei a revista e apaguei a dedicatória. Em seu lugar, escrevi "Para uma Princesa Maia de um gringo imprestável." Parecia certo, exatamente o espírito correto. Voltei ao Columbia Buffet e bati na janela da frente. O velho abriu a porta com as mãos molhadas, o suor escorrendo dos cabelos.

— Como se chama aquela garota que trabalha aqui? — eu disse.

— Está falando de Camilla?

— Aquela que trabalhou aqui na noite passada.

— É ela — falou. — Camilla Lopez.

— Pode entregar isto a ela? — perguntei. — Simplesmente entregar a ela. Diga que um sujeito passou por aqui e lhe pediu para entregar a ela.

Ele enxugou as mãos molhadas no avental e apanhou a revista.

— Tome cuidado — falei. — É valiosa.

O velho fechou a porta. Através do vidro, eu o vi manquejar de volta ao esfregão e ao balde. Colocou a revista no balcão e retomou o trabalho. Uma pequena brisa agitava as páginas da revista. Ao me afastar, receei que ele esquecesse de tudo. Quando cheguei ao Centro Cívico, me dei conta de que havia cometido um grande erro. Voltei apressadamente ao Columbia Buffet e bati na janela com os nós dos dedos. Ouvi o velho resmungar e xingar enquanto brigava com a fechadura. Enxugou o suor dos olhos e me viu de novo.

— Podia me dar aquela revista? — eu disse. — Quero escrever uma coisa nela.

O velho não conseguia entender nada daquilo. Sacudiu a cabeça com um suspiro e me mandou entrar.

— Vá pegar você mesmo, que diabo — falou. — Estou trabalhando.

Apoiei a revista no balcão e apaguei a dedicatória para a Princesa Maia. Em seu lugar, escrevi:

Cara Sapatos Esfarrapados:

Pode não saber disso, mas na noite passada você insultou o autor desta história. Sabe ler? Se souber, invista quinze minutos do seu tempo e deleite-se com uma obra-prima. E da próxima vez seja cuidadosa. Nem todo mundo que vem a este antro é um vagabundo.

Arturo Bandini

Entreguei a revista ao velho, mas ele nem sequer levantou os olhos do trabalho.

— Entregue isto à Srta. Lopez — eu disse. — E cuide para que ela o receba pessoalmente.

O velho deixou cair o cabo do esfregão, enxugou o suor do rosto enrugado e apontou para a porta da frente.

— Saia daqui! — disse.

Deixei a revista no balcão de novo e me afastei calmamente. Na porta, virei-me e acenei.

CAPÍTULO CINCO

Eu não estava morrendo de fome. Ainda tinha algumas laranjas debaixo da cama. Naquela noite, comi três ou quatro e, com a escuridão, desci Bunker Hill até o centro da cidade. Do outro lado da rua, diante do Columbia Buffet, fiquei parado numa entrada de porta sombreada e observei Camilla Lopez. Estava igual, vestida com o mesmo guarda-pó branco. Tremi ao vê-la e senti um estranho calor na garganta. Mas, depois de alguns minutos, a estranheza passou e fiquei de pé na escuridão até meus pés doerem.

Quando vi um policial caminhando na minha direção, afastei-me. Era uma noite quente. Areia do Mojave fora soprada através da cidade. Pequeninos grãos marrons de areia grudavam nas pontas dos meus dedos toda vez que eu tocava em alguma coisa, e quando voltei ao meu quarto, encontrei minha máquina de escrever nova cheia de areia. Havia areia em meus ouvidos e cabelos. Quando tirei a roupa, ela caiu ao chão como pó. Havia areia até nos lençóis da minha cama. Deitado na escuridão, a luz vermelha do St. Paul Hotel piscando através de minha cama estava azulada agora, uma cor fantasmagórica saltando para dentro do quarto e saindo em seguida.

Não podia mais comer laranjas na manhã seguinte. Só de pensar nelas, eu estremecia. Ao meio-dia, depois de uma cami-

[49]

nhada a esmo pelo centro, estava tomado de pena de mim mesmo, incapaz de controlar minha dor. Quando voltei ao meu quarto, joguei-me na cama e chorei um choro sentido. Deixei que as lágrimas corressem de cada parte de mim, e quando não podia mais chorar, me senti bem de novo. Sentia-me verdadeiro e limpo. Sentei-me e escrevi uma carta honesta para minha mãe. Contei-lhe que vinha mentindo para ela há semanas; e que por favor mandasse algum dinheiro, porque eu queria voltar para casa.

Enquanto eu escrevia, Hellfrick entrou. Vestia calças e não um roupão de banho, e a princípio não o reconheci. Sem uma palavra, colocou quinze centavos sobre a mesa.

— Sou um sujeito honesto, garoto — disse. — Sou honesto como a luz do dia — e saiu.

Friccionei as moedas na mão, saltei pela janela e desci correndo a rua até o armazém. O pequeno japonês tinha o seu saco a postos junto do caixote das laranjas. Ficou espantado ao me ver passar por ele e entrar no mercado. Comprei duas dúzias de bolinhos. Sentado na cama, eu os engoli tão rápido quanto podia, fazendo-os descer com goles de água. Sentia-me bem de novo. Meu estômago estava cheio e ainda tinha um níquel de sobra. Rasguei a carta para minha mãe e deitei-me para esperar a noite. Aquele níquel significava que eu podia voltar ao Columbia Buffet. Esperei, cheio de comida, cheio de desejo.

Ela me viu quando eu entrava. Ficou contente ao me ver; eu soube pelo jeito como seus olhos se arregalaram. Seu rosto iluminou-se e senti aquele aperto na garganta. Imediatamente fiquei tão feliz, seguro de mim mesmo, limpo e consciente da minha juventude. Sentei-me àquela mesma primeira mesa. Esta noite havia música no bar, um piano e um violino; duas mulheres gordas com rostos masculinos duros e cabelos curtos. Sua canção era *Sobre as ondas*. E eu observava Camilla dançando com a bandeja. Seus cabelos eram tão negros, tão profundos e cacheados, como uvas escondendo seu pescoço. Era um local sagrado, este bar. Tudo aqui era santificado, as cadeiras, as mesas, aquele trapo em sua mão, aquela serragem sob os seus pés. Era uma princesa maia e este era o seu castelo. Observei os *huaraches* maltrapilhos deslizarem no chão, e eu queria aqueles *huaraches*. Gostaria de segurá-los contra o peito quando adormecesse. Gostaria de segurá-los e respirar o seu odor.

Ela não se aventurou perto da minha mesa, mas fiquei satisfeito. Não venha imediatamente, Camilla; deixe-me ficar sentado aqui um pouco e me acostumar a esta rara excitação; deixe-me a sós enquanto minha mente viaja pela infinita beleza de sua esplêndida glória; deixe-me um tempo comigo mesmo, para ansiar e sonhar de olhos abertos.

Ela veio finalmente, trazendo uma xícara de café na bandeja. O mesmo café, a mesma caneca marrom lascada. Veio com os olhos mais negros e mais abertos do que nunca, caminhando para mim com pés macios, sorrindo misteriosamente, até que achei que ia desmaiar com a batida do meu coração. Quando parou ao meu lado, senti o ligeiro odor de sua perspiração misturado com a limpeza ácida do seu guarda-pó engomado. Aquilo me desarmava, me deixava estúpido e respirei pelos lábios para evitá-lo. Ela sorria para me dar a entender que não fazia objeção ao café derramado da outra noite; mais do que isso, eu parecia achar que, na verdade, ela gostara de toda a coisa, ficara contente com aquilo, até mesmo agradecida.

— Não sabia que você tinha sardas — disse ela.

— Não significam nada — falei.

— Desculpe pelo café — disse ela. — Todo mundo pede cerveja. Não recebemos muitos pedidos de café.

— É exatamente por isso que não recebem. Porque é tão vagabundo. Eu beberia cerveja também, se tivesse dinheiro.

Ela apontou para minha mão com um lápis.

— Você rói as unhas — disse. — Não devia fazer isso.

Enfiei as mãos nos bolsos.

— Quem é você para me dizer o que fazer?

— Quer cerveja? — perguntou. — Vou conseguir uma para você. Não precisa pagar.

— Não precisa conseguir nada para mim. Vou tomar este suposto café e sair daqui.

Foi até o bar e pediu uma cerveja. Eu a vi pagar com um punhado de moedas que tirou do guarda-pó. Trouxe-me a cerveja e colocou-a debaixo do meu nariz. Aquilo me magoou.

— Tire isso daqui — eu disse. — Quero café, não cerveja.

Alguém nos fundos a chamou pelo nome e ela partiu apressada. A parte de trás dos seus joelhos apareceram quando se debruçou na mesa e recolheu as canecas de cerveja vazias. Movi minha cadeira, meus pés chutando algo debaixo da mesa. Era uma escarradeira. Ela estava junto ao balcão de novo, acenando com a cabeça para mim, sorrindo, fazendo um gesto indicando que eu devia beber a cerveja. Eu me sentia diabólico, maligno. Atraí sua atenção e joguei a cerveja na escarradeira. Seus dentes brancos apertaram o lábio inferior e seu rosto ficou lívido. Seus olhos faiscaram. Uma afabilidade tomou conta de mim, uma satisfação. Recostei-me na cadeira e sorri para o teto.

Ela desapareceu atrás de uma divisória fina que servia como cozinha. Reapareceu, sorrindo. Suas mãos estavam atrás das costas, escondendo algo. O velho que eu vira, naquela manhã, saiu de trás da divisória. Sorriu em expectativa. Camilla acenou para mim. O pior estava para acontecer: eu podia sentir. De trás das costas, ela revelou a pequena revista que continha *O cachorrinho riu*. Agitou a revista no ar, mas estava fora de vista e sua interpretação era somente para o velho e para mim. Ele observava com olhos bem abertos. Minha boca secou quando a vi molhar os dedos e folhear as páginas até o ponto em que a história estava impressa. Seus lábios se retorceram ao prender a revista entre os joelhos e rasgar as páginas. Segurou-as sobre a cabeça, acenando com elas e sorrindo. O velho sacudiu a cabeça em aprovação. O sorriso no rosto dela transformou-se em determinação, enquanto retalhava as páginas em pedacinhos e estes em pedacinhos ainda menores. Com um gesto de finalidade, deixou as páginas caírem por entre os dedos e escorrerem até a escarradeira aos seus pés. Tentei sorrir. Ela bateu as mãos com um ar de tédio, como alguém tirando o pó das palmas. Colocou então uma das mãos no quadril, inclinou o ombro e afastou-se com um andar arrogante. O velho ficou ali por algum tempo. Só ele a tinha visto. Agora que o espetáculo havia acabado, desapareceu atrás da divisória.

Fiquei sentado sorrindo desgraçadamente, meu coração chorando por O cachorrinho riu, por cada frase bem torneada, pelos pequenos flocos de poesia entremeados nela, minha primeira história, a melhor coisa que eu podia mostrar por toda a minha vida. Era o registro de tudo o que havia de bom em mim, aprovado e publicado pelo grande J. C. Hackmuth, e ela o havia rasgado e jogado numa escarradeira.

Depois de um tempo, empurrei a cadeira para trás e levantei-me para ir embora. De pé junto ao bar, ela me viu partir. Havia pena de mim no seu rosto, um pequenino sorriso de arrependimento pelo que fizera, mas mantive os olhos afastados dela e saí para a rua, contente com o horrendo barulho dos bondes e os ruídos estranhos da cidade que martelavam meus ouvidos e me soterravam numa avalanche de estrépitos e guinchos. Coloquei as mãos nos bolsos e segui curvado em frente.

A uns quinze metros do bar, ouvi alguém chamando. Vireime. Era ela, correndo sobre pés leves, moedas tilintando em seus bolsos.

— Rapaz! — gritou. — Ô, garoto!

Esperei e ela chegou ofegante, falando rápida e suavemente.

— Desculpe — disse. — Não tive a intenção, juro.

— Está tudo bem — eu disse. — Não me importei.

Ela ficou olhando para o bar.

— Preciso voltar — disse. — Vão sentir minha falta. Venha amanhã à noite, sim? Por favor! Vou ser boazinha. Lamento muito o que houve esta noite. Por favor, venha, por favor! — e apertou meu braço. — Você vem?

— Talvez.

— Você me perdoa? — disse, sorrindo.

— Claro.

Fiquei no meio da calçada e a vi voltando às pressas. Depois de alguns passos virou-se, mandou-me um beijo e gritou:

— Amanhã à noite. Não se esqueça!

— Camilla! — eu disse. — Espere. Só um minuto!

Corremos um para o outro, nos encontrando no meio do caminho.

— Depressa! — disse ela. — Vão me demitir.

Olhei para seus pés. Ela sentiu o que estava por vir e eu a vi recuar. Uma sensação boa me percorreu, um frescor, um ar de renovação, como de uma nova pele. Falei lentamente.

— Esses *huaraches* você tem de usá-los, Camilla? Tem de enfatizar o fato de que sempre foi e sempre será uma latina suja e sebenta?

Ela me olhou com horror, os lábios abertos. Apertando as duas mãos sobre a boca, correu para dentro do bar. Eu a ouvi gemendo. "Oh, oh, oh".

Dei os ombros e parti em frente, assobiando de prazer. Na sarjeta, vi uma guimba de cigarro longa. Peguei-a sem pudor, acendi-a com um pé na sarjeta, traguei e exalei para as estrelas. Eu era um americano e tremendamente orgulhoso de sê-lo. Esta grande cidade, estes amplos pavimentos e orgulhosos edifícios eram a voz da minha América. Da areia e do cacto, nós, americanos, havíamos esculpido um império. O povo de Camilla tivera a sua chance. Fracassou. Nós, americanos, tínhamos efetuado o milagre. Graças a Deus por meu país. Graças a Deus, eu nascera americano!

CAPÍTULO SEIS

Subi ao meu quarto pelas escadarias poeirentas de Bunker Hill, passando pelos prédios de vigamento de madeira cobertos de fuligem ao longo daquela rua escura; areia, óleo e graxa sufocando as inúteis palmeiras enfileiradas como prisioneiras agonizantes, acorrentadas a um pequeno retalho de chão com pavimento negro escondendo seus pés. Poeira, edifícios velhos e pessoas velhas sentadas à janela, pessoas velhas cambaleando para fora de casa, pessoas velhas locomovendo-se penosamente ao longo da rua escura. Os velhinhos de Indiana, Iowa e Illinois, de Boston, Kansas City e Des Moines, eles vendiam suas casas e suas lojas e vinham para cá de trem e de automóvel, para a terra do sol, para morrer ao sol, com o dinheiro contado para viver até que o sol os matasse, arrancavam-se de suas raízes em seus últimos dias, desertavam a cômoda prosperidade de Kansas City, Chicago e Peoria para encontrar um lugar ao sol. E quando lá chegavam, descobriam que outros e maiores ladrões já haviam tomado posse, que até o sol pertencia aos outros; Smith, Jones e Parker, farmacêutico, banqueiro e padeiro, com o pó de Chicago, Cincinnati e Cleveland em seus sapatos, condenados a morrer ao sol, uns poucos dólares no banco, o suficiente para assinar o *Los Angeles Times*, o suficiente para manter viva a ilusão de que isto era um paraíso, de que suas casinhas de *papier-*

[55]

mâché eram castelos. Os desenraizados, os tristes e vazios, os velhos e os jovens, o pessoal da terrinha. Estes eram meus conterrâneos, estes eram os novos californianos. Com suas camisas polo em cores vivas e seus óculos escuros, estavam no paraíso, pertenciam a ele.

Mas na rua Principal, na esquina de Towne e San Pedro e quase dois quilômetros rua Cinco abaixo, ficavam dezenas de milhares de outros; eles não podiam pagar óculos escuros ou camisas polo de cinquenta centavos e escondiam-se nas vielas de dia e ocultavam-se nos albergues à noite. Um tira não vai detê-lo por vadiagem em Los Angeles se você vestir uma camisa polo elegante e um par de óculos escuros. Mas se tem pó nos sapatos e o suéter que usa for grosso como os suéteres usados nas terras nevadas, ele vai agarrá-lo. Portanto, rapazes, arranjem uma camisa polo e um par de óculos escuros e sapatos brancos, se puderem. Adotem um figurino de universitário. Isto os levará por toda parte. Depois de um tempo, depois de grandes doses do *Times* e do *Examiner*, vocês também irão fazer algazarra no sul ensolarado. Vão comer hambúrgueres, ano após ano, e viver em apartamentos e hotéis empoeirados, infestados de vermes, mas toda manhã vão ver o poderoso sol, o eterno azul do céu, e as ruas estarão cheias de belas mulheres que vocês nunca possuirão e as noites quentes e semitropicais recenderão a romances que vocês nunca vão viver, mas ainda assim estarão no paraíso, rapazes, na terra do sol.

Quanto ao pessoal lá na terrinha, podem mentir para eles, porque odeiam a verdade de qualquer maneira, não querem aceitá-la, porque, mais cedo ou mais tarde, também vão querer vir para o paraíso. Vocês não podem enganar o pessoal lá da terrinha, rapazes. Eles sabem o que é o sul da Califórnia. Afinal, leem os jornais, veem as revistas ilustradas que abarrotam as bancas em cada canto da América. Viram fotos das casas das estrelas de cinema. Vocês não vão poder lhes contar nada sobre a Califórnia.

Deitado em minha cama, pensei sobre eles, observei as bolhas de luz vermelha do St. Paul Hotel saltarem para dentro e para fora do meu quarto e me senti miserável, pois esta noite agi como eles. Smith, Parker e Jones, eu nunca fora um deles. Ah, Camilla! Quando eu era garoto, lá no Colorado, eram Smith, Parker e Jones que me magoavam com seus nomes horrendos, chamavam-me de carcamano e sebento, e seus filhos me magoavam, assim como eu a magoei esta noite. Magoavam-me tanto que eu jamais poderia me tornar um deles, empurraram-me para os livros, empurraram-me para dentro de mim mesmo, empurraram-me para fugir daquela cidadezinha do Colorado e às vezes, Camilla, quando vejo seus rostos, eu sinto a mágoa toda de novo, a velha dor, e às vezes fico feliz por eles estarem aqui, morrendo ao sol, desenraizados, enganados por sua insensibilidade, os mesmos rostos, as mesmas bocas duras e secas, rostos da minha cidade natal, preenchendo o vazio de suas vidas debaixo de um sol abrasador.

Eu os vejo nos saguões dos hotéis, eu os vejo tomando sol nos parques e manquejando para fora de suas feias igrejinhas, os rostos sombrios pela proximidade de seus estranhos deuses, saindo do templo de Aimée ou da Igreja do Grande Sou Eu.

Eu os vi cambalearem para fora de seus palácios de filmes e piscarem os olhos vazios diante da realidade uma vez mais e cambalearem até a casa para ler o *Times*, para descobrir o que está acontecendo no mundo. Vomitei em seus jornais, li sua literatura, observei seus costumes, comi sua comida, desejei suas mulheres, maravilhei-me diante de sua arte. Mas sou pobre e meu nome termina com uma vogal branda, e eles me odeiam e odeiam meu pai e o pai de meu pai, e arrancariam meu sangue e me derrubariam, mas estão velhos agora, morrendo ao sol e na poeira quente da estrada, e eu sou jovem e cheio de esperança e de amor ao meu país e à minha época, e quando a chamo de sebenta não é o meu coração que fala, mas o tremor de uma velha ferida, e estou envergonhado da coisa terrível que fiz.

CAPÍTULO SETE

Estou pensando no Alta Loma Hotel, lembrando-me das pessoas que lá moravam. Lembro-me do meu primeiro dia lá. Lembro que caminhei para dentro do saguão escuro carregando duas valises, uma delas cheia de cópias de O *cachorrinho riu*. Foi há muito tempo, mas eu me lembro bem. Chegara de ônibus, empoeirado até os ossos, a poeira de Wyoming, Utah e Nevada em meus cabelos e em minhas orelhas.

— Quero um quarto barato — eu disse.

A senhoria tinha cabelos brancos. Ao redor do pescoço, usava um colarinho alto de filó apertado como um espartilho. Estava na casa dos setenta, uma mulher alta que aumentava sua altura ficando na ponta dos pés e me examinando por cima dos óculos.

— Tem emprego? — disse.

— Sou escritor — falei. — Veja, vou lhe mostrar.

Abri minha mala e tirei um exemplar.

— Escrevi isto — disse a ela. Eu era ansioso, naqueles dias, muito orgulhoso. — Vou lhe dar uma cópia — falei. — Vou autografá-la para a senhora.

Peguei uma caneta do balcão, estava seca, tive de molhá-la na tinta, e rolei a língua pensando em algo agradável para dizer.

— Como se chama? — perguntei-lhe. Ela me disse com re-lutância.

— Sra. Hargraves — falou. — Por quê?

Mas eu a estava homenageando e não tinha tempo para responder a perguntas, e escrevi acima da história: "Para uma mulher de encanto inefável, com adoráveis olhos azuis e um sorriso generoso, do autor, Arturo Bandini."

Ela sorriu para mim com um sorriso que parecia machucar-lhe o rosto, abrindo-o com velhas rugas que rachavam a carne ressecada ao redor da boca e das faces.

— Odeio histórias de cães — disse, colocando a revista fora de vista. Olhou para mim de um ângulo ainda mais alto por cima dos óculos. — Meu jovem — disse ela —, você é mexicano?

Apontei para mim mesmo e ri.

— Eu, mexicano? — e sacudi a cabeça. — Sou americano, Sra. Hargraves. E também não é uma história de cães. É sobre um homem, é muito boa. Não há um único cão em toda a história.

— Não aceitamos mexicanos neste hotel — disse ela.

— Não sou mexicano. Tirei aquele título da fábula. A senhora conhece: "E o cachorrinho riu ao ver tal sujeito."

— Nem judeus — disse ela.

Registrei-me. Eu tinha uma bela assinatura, naqueles dias, intrincada, oriental, ilegível, com um poderoso e cortante sublinhado, uma assinatura mais complexa que a do grande Hackmuth. E depois da assinatura escrevi: "Boulder, Colorado."

Ela examinou o que escrevi, palavra por palavra.

— Qual é o seu nome, meu jovem? — disse friamente.

Fiquei desapontado, porque ela já havia esquecido o autor de *O cachorrinho riu* e o seu nome impresso em tipologia grande na revista. Disse-lhe o meu nome. Ela o escreveu cuidadosamente sobre a assinatura. Então atravessou a página para o outro texto.

[60]

— Sr. Bandini — disse, olhando-me friamente —, Boulder *não* fica no Colorado.

— Fica também — eu disse. — Acabo de vir de lá. Estava lá há dois dias.

— Boulder fica em Nebraska — disse ela firme, decidida.

— Meu marido e eu atravessamos Boulder, Nebraska, há trinta anos, a caminho daqui. O senhor queira fazer a gentileza de mudar isso, por favor.

— Mas *fica* no Colorado! Minha mãe mora lá, meu pai. Frequentei a escola lá!

Ela estendeu a mão debaixo do balcão e apanhou a revista. Entregou-a a mim.

— Este hotel não é lugar para você, meu jovem. Temos pessoas distintas aqui, pessoas honestas.

Não aceitei a revista. Estava tão cansado, com os ossos moídos pela longa viagem de ônibus.

— Está certo — falei. — Fica em Nebraska.

E escrevi, rasurei o Colorado e escrevi Nebraska em cima. Ela ficou satisfeita, muito contente comigo, sorriu e examinou a revista.

— Então você é um autor! — disse. — Muito interessante! — e colocou a revista fora de vista de novo. — Bem-vindo à Califórnia — disse. — Vai adorar isto aqui!

Aquela Sra. Hargraves! Era solitária, tão perdida e ainda assim orgulhosa. Uma tarde, me levou ao seu apartamento, no andar superior. Era como entrar numa tumba bem varrida. Seu marido tinha morrido, mas há trinta anos era dono de uma loja de ferramentas em Bridgeport, Connecticut. Seu retrato estava na parede. Um homem esplêndido, que não fumava nem bebia, morto de um ataque cardíaco; um rosto magro e severo saindo de um retrato com uma moldura pesada, ainda desdenhoso do cigarro e da bebida. Aqui estava a cama em que morrera, uma cama alta de baldaquino em mogno; aqui estavam suas roupas no armário e seus sapatos no chão, os bicos virados para cima de tão velhos. Aqui, na prateleira da lareira, estava sua caneca de barbear, ele sempre fazia a própria barba, e seu nome era Bert. Aquele Bert! "Bert", dizia ela, "por que não vai ao barbeiro?", e ele ria, porque sabia que era melhor barbeiro do que os barbeiros comuns.

Bert sempre se levantava às cinco da manhã. Vinha de uma família com quinze filhos. Era hábil com ferramentas. Fizera todos os serviços de conserto no hotel durante anos. Levara três semanas para pintar a parte externa do edifício. Dizia que era melhor pintor do que os pintores comuns. Durante duas horas, ela falou de Bert e, por Deus!, como ela amava aquele homem, mesmo na morte, mas ele não estava morto não; estava naquele apartamento, tomando conta dela, protegendo-a, desafiando-me a machucá-la. Ele me assustava e me deu vontade de sair correndo dali. Tomamos chá. O chá estava velho. O açúcar estava velho e empedrado. As xícaras de chá estavam empoeiradas e de certo modo o chá tinha gosto de velho e os bolinhos secos o sabor da morte. Quando me levantei para ir embora, Bert acompanhou-me através da porta e ao longo do corredor, desafiando-me a pensar cinicamente a seu respeito. Durante duas noites, ele me perseguiu, me ameaçou, até me engambelou na questão dos cigarros.

Estou me lembrando daquele garoto de Memphis. Nunca perguntei seu nome e ele nunca perguntou o meu. Dizíamos "olá" um ao outro. Não ficou muito tempo ali, poucas semanas. Seu rosto sardento estava sempre coberto por suas longas mãos quando se sentava na varanda da frente do hotel: toda noite, bem tarde, ele estava lá; meia-noite, uma, duas horas e, ao voltar para casa, eu o encontrava balançando-se para a frente e para trás na cadeira de vime, os dedos nervosos pinicando sua cara, buscando seus cabelos negros não cortados. "Olá", eu dizia e "olá", ele respondia.

A agitada poeira de Los Angeles o deixava febril. Era ainda mais andarilho do que eu, e o dia inteiro procurava amores perversos nos parques. Mas era tão feio que nunca encontrou o seu desejo, e as noites quentes com estrelas baixas e lua amarela o torturavam fora do quarto até que a aurora chegasse. Mas, uma noite, ele falou comigo, me deixou nauseado e infeliz enquanto se entregava a suas memórias de Memphis, Tennessee, de onde vinham as pessoas de verdade, onde havia amigos e amigos. Um dia deixaria esta cidade odiosa, um dia voltaria para um lugar onde a amizade representava alguma coisa e, com certeza, foi embora e recebi um cartão-postal assinado "Garoto de Memphis", de Fort Worth, Texas.

Havia Heilman, que pertencia ao Clube do Livro do Mês. Um homem imenso, cujos braços pareciam toras e cujas pernas das calças eram muito justas. Era caixa de banco. Tinha uma mulher em Moline, Illinois, e um filho na Universidade de Chicago. Odiava o sudoeste, seu ódio saltando do rosto grande, mas sua saúde era ruim e estava condenado a ficar aqui ou morrer. Escarnecia de tudo o que fosse do oeste. Ficava doente depois de cada jogo de futebol em que via o leste perder. Cuspia quando você mencionava os Trojans. Odiava o sol, amaldiçoava o nevoeiro, censurava a chuva, sonhava sempre com as neves do meio-oeste. Uma vez por mês, sua caixa de correio recebia um pacote volumoso. Eu o via no saguão, sempre lendo. Não me emprestava livros.

— Uma questão de princípio — dizia Heilman.

Mas ele me deu a *Book of the Month Club News*, uma revistinha sobre livros novos. Todo mês, a deixava na minha caixa de correio.

E a garota ruiva de St. Louis, que sempre perguntava pelos filipinos. Onde eles moravam? Quantos eram? Eu conhecia algum deles? Uma garota ruiva emaciada, com sardas marrons abaixo do decote do vestido, chegara aqui vinda de St. Louis.

[63]

Vestia verde o tempo todo, a cabeça de cobre chocante demais para ser bonita, os olhos cinzentos demais para seu rosto. Conseguiu emprego numa lavanderia, mas a paga era muito pouca e ela saiu. Também vagava pelas ruas quentes. Uma vez, me emprestou uma moeda de vinte e cinco centavos, outra vez, selos dos correios. Interminavelmente falava dos filipinos, lamentava sua condição, achava-os bravos diante do preconceito. Um dia, sumiu e, no dia seguinte, eu a vi de novo, caminhando pelas ruas, seus cabelos de cobre atraindo fachos de sol, um filipino baixinho segurando-a pelo braço. Estava muito orgulhoso dela. As ombreiras e a cintura fina do terno dele eram a última moda na zona, mas mesmo com os saltos altos de couro era uns trinta centímetros mais baixo que ela.

De todos eles, só um leu *O cachorrinho riu*. Naqueles primeiros dias, autografei um grande número de exemplares, trouxe-os à sala de espera. Cinco ou seis exemplares e eu os coloquei à vista por toda parte, na mesa da biblioteca, no divã, até mesmo nas fofas poltronas de couro, de modo que para se sentar nelas você tinha de apanhar a revista. Ninguém leu, nenhuma alma, a não ser uma. Durante uma semana, as revistas ficaram espalhadas, mas quase não foram tocadas. Mesmo quando o menino japonês limpava aquela sala, ele raramente chegava a erguê-las de onde se encontravam. De noite, as pessoas jogavam *bridge* ali e um grupo de hóspedes antigos se reunia para conversar e relaxar. Infiltrei-me, encontrei uma poltrona e observei. Era desanimador. Uma mulherona nas poltronas fofas chegara até a se sentar sobre um exemplar, sem se dar ao trabalho de tirá-lo. Chegou um dia em que o japonesinho empilhou os exemplares organizadamente sobre a mesa da biblioteca. Juntavam poeira. De vez em quando, em dias espaçados, eu esfregava o lenço sobre as revistas e as espalhava. Eram sempre devolvidas intocadas à impecável pilha sobre a mesa da biblioteca. Talvez soubessem que eu havia escrito aquilo e deliberadamente o evitassem. Talvez simplesmente não se importassem. Nem mesmo Heilman, com toda a sua leitura. Nem mesmo a senhoria. Sacudi a cabeça: eram todos muito tolos, todos eles. Era uma história sobre o seu próprio meio-oeste, sobre o Colorado e uma tempestade de neve, e lá estavam eles com suas almas desenraizadas e rostos queimados de sol, morrendo num deserto abrasador, e as refrescantes terras natais de onde vieram estavam tão próximas, tão à mão, bem ali nas páginas daquela revistinha. E pensei: "ora, sempre foi assim — Poe, Whitman, Heine, Dreiser e agora Bandini"; pensando nisso eu não me sentia tão magoado, nem tão solitário.

O nome da pessoa que leu minha história era Judy, e seu sobrenome Palmer. Bateu na minha porta, naquela tarde, e ao abri-la eu a vi. Trazia um exemplar da revista na mão. Tinha apenas quatorze anos, com franjas de cabelos castanhos e uma fita vermelha amarrada num laço sobre a testa.

— É o Sr. Bandini? — disse ela.

Podia dizer, por seus olhos, que tinha lido *O cachorrinho riu*. Podia dizer na hora.

— Leu minha história, não foi? — falei. — E o que achou?

Ela apertou a revista junto ao peito e sorriu.

— Acho maravilhosa — disse. — Oh, tão maravilhosa! A Sra. Hargraves me disse que o senhor a escreveu. Disse que poderia me dar um exemplar.

Meu coração palpitou em minha garganta.

— Entre! — falei. — Bem-vinda! Sente-se! Qual é o seu nome? Claro que pode ter um exemplar. Claro! Mas, por favor, entre!

Atravessei correndo o quarto e peguei a melhor cadeira. Ela sentou-se tão delicadamente, o vestido de criança que usava não chegava sequer a ocultar-lhe os joelhos.

— Aceita um copo d'água? — falei. — É um dia quente. Talvez tenha sede.

Mas não tinha. Estava apenas nervosa. Podia ver que eu a assustava. Tentei ser mais gentil, pois não queria afugentá-la. Era naqueles primeiros dias em que ainda tinha um pouco de dinheiro.

— Gosta de sorvete? — falei. — Gostaria que eu lhe trouxesse um picolé de chocolate ou qualquer outra coisa?

— Não posso ficar — disse ela. — Mamãe vai ficar zangada.

— Você mora aqui? — falei. — Sua mãe leu a história também? Como se chama? — e sorri com orgulho. — Claro que já sabe o meu nome — falei. — Sou Arturo Bandini.

— Oh, sim! — ela suspirou e seus olhos se arregalaram com tanta admiração que eu queria me jogar aos seus pés e chorar. Podia sentir na garganta o impulso de começar a soluçar.

— Tem certeza de que não quer um sorvete?

Tinha tão belas maneiras, sentada ali com o queixo róseo empinado, as pequeninas mãos agarrando-se à revista.

— Não, obrigada, Sr. Bandini.

— E que tal uma Coca? — perguntei.

— Obrigada — ela sorriu. — Não.

— Uma jinjibirra?

— Não, por favor. Obrigada.

— Como se chama? — eu disse. — Meu nome... — mas parei a tempo.

— Judy — disse ela.

— Judy! — falei, repetidamente. — Judy, Judy! É maravilhoso! É como o nome de uma estrela. É o nome mais bonito que já ouvi!

— Obrigada! — disse ela.

Abri a gaveta da cômoda onde guardava cópias da minha história. Ainda estava bem estocada, com quinze remanescentes.

— Vou lhe dar um exemplar limpo — disse a ela. — E vou autografá-lo. Alguma coisa simpática, algo extraespecial!

[66]

Seu rosto coloriu-se de alegria. Esta garotinha não estava brincando, estava realmente empolgada, e seu deleite era como água fresca correndo pelo meu rosto.

— Vou lhe dar dois exemplares — falei. — E vou autografar os dois!

— Você é um homem tão simpático — disse ela. Estudava-me enquanto eu abria a tampa de um tinteiro. — Pude sentir por sua história.

— Não sou um homem — eu disse. — Não sou muito mais velho do que você, Judy.

Eu não queria ser velho diante dela. Queria diminuir a diferença o mais que pudesse.

— Só tenho dezoito anos — menti.

— Só isso? — perguntou espantada.

— Vou fazer dezenove em dois meses.

Escrevi algo especial nas duas revistas. Não me lembro das palavras, mas era bom o que escrevi, vinha do meu coração, porque eu estava tão agradecido. Mas queria mais, ouvir-lhe a voz tão pequena e ofegante, mantê-la ali no quarto o máximo que pudesse.

— Você me faria uma grande honra — eu disse. — Me faria tremendamente feliz, Judy, se lesse minha história em voz alta para mim. Nunca aconteceu, eu gostaria de ouvi-la.

— Eu adoraria ler! — disse ela, e sentou-se ereta, rígida, com avidez. Joguei-me na cama, enterrei meu rosto no travesseiro, e a garotinha leu minha história com uma voz suave e doce que me fez chorar já nas primeiras cem palavras. Era como um sonho, a voz de um anjo enchendo o quarto, e em pouco tempo ela estava soluçando também, interrompendo a leitura de vez em quando com arquejos e engasgos e protestando.

— Não posso ler mais — dizia. — Não posso.

E eu me virava e lhe suplicava:

— Mas você precisa, Judy. Oh, você precisa!

Quando chegamos ao ponto alto de nossa emoção, uma mulher alta de boca amarga subitamente entrou no quarto sem bater. Eu sabia que era a mãe de Judy. Seus olhos ferozes me estudaram e então estudaram Judy. Sem uma palavra, pegou a mão de Judy e a levou embora. A garotinha apertou as revistas junto ao peito magro e por cima do ombro piscou um adeus lacrimoso. Viera e partira rapidamente, e nunca mais a vi. Foi um mistério para a senhoria também, pois haviam chegado e saído naquele mesmo dia, sem sequer passarem a noite no hotel.

CAPÍTULO OITO

Havia uma carta de Hackmuth na minha caixa. Sabia que era de Hackmuth. Eu reconhecia uma carta de Hackmuth a quilômetros de distância. Era capaz de sentir uma carta de Hackmuth, sentia uma espécie de pingente de gelo descendo por minha espinha. A Sra. Hargraves entregou-me a carta. Arranquei-a da mão dela.

— Boas notícias? — disse ela, porque eu lhe devia tanto aluguel.

— Nunca se sabe — falei. — Mas é de um grande homem. Ele podia mandar páginas em branco que seriam boas notícias para mim.

Mas eu sabia que não eram boas notícias no sentido que a Sra. Hargraves se referia, porque eu não tinha mandado a Hackmuth nenhuma história. Era simplesmente a resposta à minha longa carta de uns dias atrás. Ele era muito rápido, aquele Hackmuth. Estonteava você com a sua velocidade. Mal você colocava uma carta na caixa coletora da esquina e, quando voltava ao hotel, lá estava a resposta dele. Ah, céus, mas suas cartas eram tão breves. Uma carta de quarenta páginas e ele respondia com um pequeno parágrafo. Mas aquilo era ótimo à sua maneira, porque suas respostas eram mais fáceis de memorizar e conhecer de cor. Tinha estilo aquele Hackmuth; tinha estilo; tinha

[69]

tanto a dar, até mesmo suas vírgulas e seus ponto e vírgulas tinham um jeito de dançar para cima e para baixo. Eu arrancava os selos dos envelopes, descolava-os gentilmente para ver o que havia por baixo deles.

Sentei-me na cama e abri a carta. Era outra mensagem breve, não mais do que cinquenta palavras. Dizia:

Caro Sr. Bandini:

Com seu consentimento vou tirar a saudação e o final de sua longa carta e publicá-la como um conto em minha revista. Parece-me que o senhor fez um belo trabalho aqui. Acho que As colinas distantes perdidas *daria um excelente título. Meu cheque está anexo.*

Sinceramente,
J. C. Hackmuth

A carta escorregou-me dos dedos e ziguezagueou até o chão. Fiquei de pé e olhei no espelho. Minha boca estava bem aberta. Caminhei até o retrato de Hackmuth na parede oposta e coloquei os dedos no rosto firme que olhava para mim. Peguei a carta e a li de novo. Abri a janela, saltei para fora e deitei-me na luzidia grama da encosta. Meus dedos agarraram a grama. Rolei sobre o estômago, enfiei a boca na terra e puxei as raízes da grama com os dentes. Comecei então a chorar. Por Deus, Hackmuth! Como pode ser um homem tão maravilhoso? Como é possível? Rastejei de volta ao meu quarto e encontrei o cheque dentro do envelope. Eram 175 dólares. Eu era um homem rico de novo. 175 dólares! Arturo Bandini, autor de *O cachorrinho riu* e *As colinas distantes perdidas.*

Fiquei parado diante do espelho uma vez mais, brandindo o punho em desafio. Aqui estou, amigos. Deem uma olhada num grande escritor! Notem meus olhos, amigos. Os olhos de um grande escritor. Notem o meu maxilar, amigos. O maxilar de um grande escritor. Vejam estas mãos, amigos. As mãos que criaram *O cachorrinho riu* e *As colinas distantes perdidas.* Apontei o dedo indicador selvagemente. E quanto a você, Camilla Lopez, quero vê-la esta noite. Quero falar com você, Camilla Lopez. E eu a aviso, Camilla Lopez, lembre-se de que está diante de ninguém menos do que Arturo Bandini, o escritor. Lembre-se disto, por favor.

A Sra. Hargraves descontou o cheque. Paguei o aluguel atrasado e dois meses de aluguel adiantado. Ela passou um recibo pela quantia total. Eu o coloquei de lado.

— Por favor — falei. — Não se dê ao trabalho, Sra. Hargraves. Confio plenamente na senhora.

Ela insistiu. Enfiei o recibo no bolso. Então coloquei mais cinco dólares no balcão.

— Por favor, Sra. Hargraves. Porque a senhora foi muito gentil.

Ela recusou. Empurrou o dinheiro de volta.

— Ridículo! — disse. Mas eu não o peguei. Afastei-me e ela veio atrás de mim, perseguiu-me na rua.

— Sr. Bandini, insisto que o senhor pegue este dinheiro.

Puxa, uns meros cinco dólares, uma ninharia. Sacudi a cabeça.

— Sra. Hargraves. Recuso-me terminantemente a pegar este dinheiro.

Discutimos, ficamos parados no meio da calçada sob o sol quente e batemos boca. Ela estava inflexível. Implorou-me que pegasse o dinheiro. Eu sorri calmamente.

— Não, Sra. Hargraves. Lamento. Eu nunca mudo de ideia.

Ela foi embora, pálida de raiva, segurando a nota de cinco dólares entre os dedos como se carregasse um camundongo morto. Sacudi a cabeça. Cinco dólares! Uma bagatela no que dizia respeito a Arturo Bandini, autor de numerosas histórias para J. C. Hackmuth.

Caminhei em direção ao centro da cidade, abri caminho através das ruas quentes e apinhadas até o porão da May Company. Foi o terno mais elegante que já comprei, marrom com riscas de giz, e dois pares de calças. Agora eu podia estar bem vestido em todas as ocasiões. Comprei sapatos de duas cores, marrom e branco, uma porção de camisas, uma porção de meias e um chapéu. Meu primeiro chapéu, marrom-escuro, feltro legítimo com um forro de seda branca. As calças tiveram de ser ajeitadas. Pedi-lhes que se apressassem. Ficaram prontas em pouco tempo. Troquei a roupa atrás de uma cabina cortinada, coloquei tudo novo, encimado pelo chapéu. O balconista colocou minhas roupas velhas numa caixa. Eu não as quis. Disse-lhe que chamasse o Exército da Salvação e lhes doasse as roupas, e mandei entregar o resto das compras no hotel. Antes de sair, comprei uns óculos escuros. Passei o resto da tarde comprando coisas, matando o tempo. Comprei cigarros, doces e frutas cristalizadas. Comprei duas resmas de papel caro, elásticos, clipes, blocos de apontamentos, um pequeno fichário e uma engenhoca para fazer buracos no papel. Comprei também um relógio barato, uma luminária, um pente, escovas de dentes, pasta de dentes, loção capilar, creme de barbear, loção para a pele e um estojo de primeiros socorros. Passei numa loja de gravatas e comprei algumas, e um cinto novo, uma corrente de relógio, lenços, um roupão de banho e chinelos. Chegou a noite e eu não podia carregar mais nada. Chamei um táxi e voltei para casa.

Estava muito cansado. O suor atravessava meu terno novo e escorria por minhas pernas e meus tornozelos. Mas era divertido. Tomei um banho, esfreguei a loção na pele e escovei os dentes com a nova escova e a nova pasta. Depois fiz a barba com o novo creme e encharquei os cabelos com a loção. Fiquei algum tempo sentado no quarto com os chinelos e o roupão de banho, coloquei na mesa o papel novo e as engenhocas, fumei cigarros bons e frescos e comi doces.

O entregador da May Company trouxe o resto de minhas compras numa grande caixa. Abri e encontrei não só as coisas novas, mas também minhas velhas roupas. Joguei-as na cesta de lixo. Era hora de me vestir de novo. Peguei cuecas novas, uma camisa novinha em folha, meias e calças. Coloquei então uma gravata e calcei sapatos novos. De pé diante do espelho, inclinei o chapéu sobre um olho e me examinei. A imagem no espelho parecia-me apenas vagamente familiar. Não gostei da gravata nova, por isso tirei o paletó e experimentei outra. Não gostei da mudança também. De repente, tudo começou a me irritar. O colarinho duro estava me estrangulando. Os sapatos apertavam meus pés. As calças cheiravam a porão de loja de roupas e estavam apertadas demais no gancho. O suor irrompia nas minhas têmporas, onde a fita do chapéu apertava-me o crânio. Subitamente comecei a me coçar e quando me mexia tudo estalava como um saco de papel. Minhas narinas captaram a forte catinga das loções e fiz uma careta. Mãe do Céu, o que aconteceu ao velho Bandini, autor de *O cachorrinho riu*? Podia este bufão amarrado e estrangulado ser o criador de *As colinas distantes perdidas*? Tirei tudo, expulsei com água os cheiros dos meus cabelos e me enfiei nas minhas velhas roupas. Elas ficaram muito contentes de me ter de volta; agarravam-se a mim com um deleite refrescante e meus pés atormentados se insinuaram para dentro dos velhos sapatos como na suavidade da grama da primavera.

CAPÍTULO NOVE

Fui até o Columbia Buffet de táxi. O chofer encostou no meio-fio bem diante da porta aberta. Desci e dei-lhe uma nota de vinte dólares. Não tinha troco. Fiquei contente, porque quando finalmente encontrei uma nota menor e lhe paguei, lá estava Camilla de pé na porta. Pouquíssimos táxis paravam diante do Columbia Buffet. Acenei-lhe casualmente com a cabeça, entrei e me sentei na primeira mesa. Estava lendo a carta de Hackmuth quando ela falou.

— Está zangado comigo? — disse.

— Não que eu saiba — falei.

Colocou as mãos para trás e baixou os olhos para seus pés.

— Não estou diferente?

Calçava escarpins novos brancos com saltos altos.

— São muito bonitos — falei, voltando-me de novo para a carta de Hackmuth. Ela me observou com um beicinho. Ergui a vista e pisquei. — Desculpe-me — falei. — Negócios.

— Quer pedir alguma coisa?

— Um charuto — falei. — Alguma coisa cara de Havana.

Ela trouxe a caixa. Apanhei um.

— São caros — disse. — Vinte e cinco centavos.

Sorri e lhe dei um dólar.

— Fique com o troco.

[75]

Recusou a gorjeta.

— Não de você — disse. — Você é pobre.

— Eu era pobre — falei. Acendi o charuto e deixei a fumaça rolar da minha boca enquanto me recostava na cadeira e olhava para o teto. — Não é um mau charuto pelo preço — falei.

As mulheres músicas arranhavam *Sobre as ondas*. Fiz uma careta e empurrei o troco na direção de Camilla.

— Diga-lhes que toquem Strauss — falei. — Alguma coisa vienense.

Ela pegou uma moeda de vinte e cinco centavos, mas eu a fiz levar todo o troco. As músicas ficaram espantadas. Camilla apontou para mim. Elas acenaram e irradiaram um sorriso. Acenei a cabeça com dignidade. Elas mergulharam nos *Contos dos bosques de Viena*. Os sapatos novos machucavam os pés de Camilla. Ela perdera o antigo brilho. Estremecia ao caminhar, rangia os dentes.

— Quer uma cerveja? — perguntou.

— Quero um *Scotch highball* — falei. — St. James.

Ela discutiu com o *barman* e voltou.

— Não temos St. James. Mas temos Ballantine. É caro. Quarenta centavos.

Pedi um para mim e outro para cada um dos dois *barmen*.

— Não devia gastar seu dinheiro assim — disse ela. Agradeci com um aceno o brinde dos dois *barmen* e provei o uísque. Fiz uma careta.

— Falsificado — falei.

Ela ficou parada com as duas mãos enfiadas nos bolsos.

— Pensei que fosse gostar de meus sapatos novos — disse. Eu havia retomado a leitura da carta de Hackmuth.

— São simpáticos — falei.

Ela arrastou-se para uma mesa que acabara de vagar e começou a recolher as canecas vazias de cerveja. Estava magoada, o rosto cansado e triste. Beberiquei o uísque e continuei lendo e relendo a carta de Hackmuth. Pouco tempo depois, ela voltou à minha mesa.

— Você mudou — disse. — Está diferente. Gostava de você como era antes.

Sorri e acariciei sua mão. Era quente, macia, morena com longos dedos.

— Pequena princesa mexicana — falei. — Você é tão encantadora, tão inocente.

Arrancou a mão e seu rosto perdeu a cor.

— Não sou mexicana! — disse. — Sou americana.

Sacudi a cabeça.

— Não — falei. — Para mim, você sempre será uma doce e pequenina peoa. Uma moça-flor do velho México.

— Seu carcamano filho da puta! — disse ela.

Aquilo me cegou, mas continuei sorrindo. Ela saiu batendo os pés, os sapatos machucando-a, restringindo suas pernas raivosas. Eu me sentia doente por dentro e meu sorriso parecia preso por tachas. Ela estava numa mesa perto das músicas, descarregando a ira, o braço agitando-se furiosamente, o rosto como uma chama sinistra. Quando olhou para mim, o ódio que lhe saía dos olhos atravessou a sala como um raio. A carta de Hackmuth não me interessava mais. Meti-a no bolso e fiquei sentado com a cabeça baixa. Era uma velha sensação e eu a retracei e lembrei que foi a sensação que tive na primeira vez que sentei neste lugar. Camilla desapareceu atrás da divisória. Quando voltou, deslocava-se graciosamente, seus pés rápidos e seguros. Tirara os sapatos brancos e colocara os velhos *huaraches*.

— Desculpe-me — disse.

— Não — falei. — É minha culpa, Camilla.

— Não quis dizer aquilo.

— Você estava certa. Foi minha culpa.

Olhei para seus pés.

— Aqueles sapatos brancos eram tão bonitos. Você tem pernas tão adoráveis e eles combinaram tão perfeitamente.

Ela colocou os dedos entre os meus cabelos e o calor do seu prazer os percorreu, e percorreu a mim, e minha garganta se aqueceu e uma profunda felicidade penetrou-me a pele. Ela foi até a divisória e emergiu calçando os sapatos brancos. Os pequenos músculos dos seus maxilares se contraíam enquanto caminhava, mas ela sorria bravamente. Observei-a trabalhando e a sua visão me levantou o ânimo, uma leveza como óleo sobre água. Depois de um tempo, perguntou-me se eu tinha carro. Eu lhe disse que não. Ela disse que tinha um, estava no estacionamento ao lado, descreveu-o e combinamos de nos encontrar no estacionamento e ir de carro até a praia. Quando me levantei para sair, o *barman* alto com o rosto branco olhou-me com o que pareceu um vago traço de malícia. Eu saí, ignorando-o.

Seu carro era uma baratinha Ford 1929, com crina de cavalo saindo do estofamento, para-lamas amassados e sem capota. Sentei-me nele e brinquei com os apetrechos. Olhei para o certificado de propriedade. Estava no nome de Camilla Lombard, não Camilla Lopez.

Ela estava com alguém quando entrou no estacionamento, mas não pude ver quem era, porque estava tão escuro, nenhuma lua e uma trama fina de nevoeiro. Então se aproximaram mais e vi que era o *barman* alto. Ela o apresentou, chamava-se Sammy, era quieto e não estava interessado. Nós o levamos em casa, descendo a Spring Street até a Primeira e atravessando os trilhos do trem até uma vizinhança negra que capturava os sons do Ford chacoalhante e lançava os ecos sobre uma área de casas de madeira sujas e cercas de estacas cansadas. Ele saltou num lugar onde uma pimenteira agonizante havia esparramado suas folhas secas no chão, e quando caminhou para a varanda, era possível ouvir seus pés atravessando penosamente as folhas mortas sibilantes.

— Quem é ele? — perguntei.

Era apenas um amigo, disse ela, e não quis falar sobre o assunto, mas estava preocupada com ele; seu rosto assumiu aquele ar solícito quando alguém se preocupa com um amigo doente. Aquilo me perturbou, me deixou com ciúmes imediatamente e comecei a bombardeá-la com pequenas perguntas, e a maneira arrastada como respondia piorou as coisas. Voltamos a atravessar os trilhos e o centro da cidade. Ela avançava os sinais quando não havia carros por perto e, quando alguém a retardava, afundava a palma da mão na buzina guinchante e a mantinha ali. O som se elevava como um grito de socorro através dos cânions de edifícios. Fazia isso o tempo todo, com ou sem necessidade. Eu a adverti uma vez, mas ela me ignorou.

— Sou eu quem está dirigindo este carro — disse.

Chegamos a Wilshire, onde o tráfego era limitado a um mínimo de cinquenta quilômetros. O Ford não podia andar tão rápido, mas ela se manteve na pista do meio enquanto carrões velozes disparavam ao nosso lado. Ficava furiosa com isso, sacudia os punhos e os xingava. Depois de um quilômetro, queixou-se dos pés e me pediu que segurasse o volante. Segurei, ela se abaixou e tirou os sapatos. Então pegou no volante de novo e jogou um pé sobre a lateral do Ford. Imediatamente seu vestido se inflou como um balão e fustigou seu rosto. Ela o puxou para baixo do corpo, mas mesmo assim suas coxas morenas ficaram expostas até uma roupa de baixo rosada. Chamava muita atenção. Motoristas passavam como balas, diminuíam a marcha e emparelhavam, cabeças saíam das janelas para observar suas coxas morenas nuas. Isto a deixou furiosa. Começou a berrar para os espectadores, gritando que fossem cuidar da própria vida. Sentado ao seu lado, relaxado no banco, eu tentava desfrutar de um cigarro que queimava forte demais no sopro do vento.

Chegamos então a um sinal importante em Western e Wilshire. Era uma esquina agitada, um grande cinema, clubes noturnos e *drugstores* despejando pedestres nas calçadas. Ela não podia avançar aquele sinal, porque havia muitos carros à nossa frente esperando que o sinal abrisse. Recostou-se no assento, impaciente, nervosa, balançando a perna. Os rostos começaram a se voltar para nós, as buzinas tocavam alegremente, e atrás de nós um conversível elegante com uma buzina travessa emitia um iuhuuu insistente. Ela virou-se, os olhos flamejantes, e sacudiu o punho para os universitários no conversível. Eu a cutuquei.

— Bote a perna para dentro nos sinais, pelo menos.

— Ora, cale a boca! — disse ela.

Peguei a carta de Hackmuth e busquei refúgio nela. O bulevar estava bem iluminado, eu podia ler as palavras, mas o Ford escoiceava como uma mula, chacoalhava, sacudia e cortava o vento. Ela se orgulhava daquele carro.

— Tem uma máquina maravilhosa — disse ela.

— Parece boa — eu disse, agarrando-me.

— Devia ter um carro — ela falou.

Perguntei-lhe sobre o Camilla Lombard escrito no seu certificado de proprietário. Perguntei se era casada.

— Não — disse.

— Para que o Lombard então?

— Brincadeira — disse ela. — Às vezes eu o uso profissionalmente.

— Não entendi.

— Você gosta do seu nome? — perguntou. — Não deseja que fosse Johnson, ou Williams ou coisa parecida?

Eu disse que não, que estava satisfeito.

— Não, você não está — disse ela. — Eu sei.

— Mas estou! — falei.

— Não, não está.

Depois de Beverly Hills, não havia mais nevoeiro. As palmeiras ao longo da rua destacavam-se verdes contra a escuridão azulada, e a linha branca no pavimento saltava à nossa frente como um estopim aceso. Algumas nuvens rolavam e se agitavam, mas não havia estrelas. Passamos através de colinas baixas. De ambos os lados da estrada, havia sebes altas e luxuriantes videiras, com palmeiras e ciprestes espalhados por toda parte.

Em silêncio chegamos a Palisades, rodando ao longo da crista das altas colinas que davam para o mar. Um vento frio nos pegou de raspão. O calhambeque balançou. Lá de baixo, erguia-se o fragor do mar. Mais ao longe, massas de nevoeiro rastejavam em direção da terra, um exército de fantasmas arrastando-se sobre suas barrigas. Abaixo de nós, as ondas de rebentação fustigavam a terra com punhos brancos. Recuavam e voltavam para golpear de novo. Enquanto cada onda recuava, a orla se abria num sorriso cada vez mais amplo. Descemos em segunda pela estrada em espiral, o pavimento negro perspirando, lambido por línguas de névoa. O ar estava tão limpo. Nós o respiramos agradecidos. Não havia pó nenhum aqui.

Ela levou o carro para um trecho interminável de areia branca. Ficamos sentados olhando para o mar. Estava quente abaixo dos penhascos. Ela tocou em minha mão.

— Por que não me ensina a nadar? — disse.

— Não aqui — falei.

As ondas de rebentação estavam altas. A maré estava alta e elas vinham rapidamente. Formavam-se a uns cem metros da praia e vinham com tudo. Nós as víamos arrebentar contra a orla, renda espumante explodindo como trovão.

— Aprende-se a nadar nas águas calmas — eu disse.

Ela riu e começou a tirar a roupa. Era morena, mas de um moreno natural, não era bronzeada. Eu era branco e fantasmagórico. Havia uma dobra no meu estômago. Repuxei a barriga para escondê-la. Ela olhou para a brancura, para meu sexo e minhas pernas, e sorriu. Fiquei contente quando caminhou para a água.

A areia estava macia e quente. Ficamos sentados de frente para o mar e falamos de natação. Mostrei-lhe os princípios básicos. Ela deitou-se sobre o estômago, remou com as mãos e agitou os pés. Areia borrifou em seu rosto e ela me imitou sem entusiasmo. Ergueu-se e sentou-se.

— Não gosto de aprender a nadar — disse.

Entramos de mãos dadas na água, os corpos empastados de areia na frente. A água estava fria, depois ficou boa. Era minha primeira vez no oceano. Peitei as ondas até que meus ombros estivessem debaixo d'água e então tentei nadar. As ondas me ergueram. Comecei a furar as ondas que estouravam. Eram despejadas sobre mim inofensivamente. Eu estava aprendendo. Quando os vagalhões apareciam, eu me lançava na sua crista e me levavam até a praia.

Estava de olho em Camilla. Ela entrou na água até os joelhos, viu um vagalhão chegando e correu para a praia. Então voltou. Gritava de deleite. Uma onda estourou sobre ela, que guinchou e desapareceu. Um momento depois reapareceu, rindo e gritando. Gritei que não se arriscasse, mas ela cambaleou na direção de uma crista branca que se levantou e a lançou fora de vista. Observei-a rolar como um cesto de bananas. Caminhou até a praia, seu corpo cintilando, as mãos nos cabelos. Nadei até ficar cansado e depois saí da água. Meus olhos ardiam da água salgada. Deitei de costas e arquejei. Depois de alguns minutos, minhas forças voltaram e eu me sentei e tive vontade de fumar um cigarro. Camilla não estava à vista. Caminhei até o carro, pensando que estivesse lá. Mas não estava. Corri até a beira d'água e procurei na confusão espumante. Gritei seu nome.

Então a ouvi gritar. Vinha de longe, além da formação das ondas e na massa de nevoeiro sobre a água encapelada. Pareciam uns bons cem metros. Gritou de novo:

— Socorro!

Entrei na água, enfrentei os primeiros vagalhões com os ombros e comecei a nadar. Então perdi o som de sua voz no bramido.

— Estou indo! — gritei e gritei de novo e de novo, até que tive de parar para poupar minhas forças. Os vagalhões eram fáceis, eu mergulhava por baixo deles, mas as pequenas ondas me confundiam, esbofeteavam meu rosto e me afogavam. Finalmente eu estava na água encapelada. As ondas pequenas saltavam sobre minha boca. Os gritos dela tinham parado. Agitei a água com as mãos, esperando outro grito. Não veio. Gritei. Minha voz estava fraca, como uma voz debaixo d'água.

Subitamente fiquei exausto. As ondas pequenas saltavam por cima de mim. Engoli água, eu estava afundando. Rezei, gemi e lutei contra a água, e sabia que não devia lutar. O mar estava quieto ali. Na direção da terra eu ouvia o rugido das ondas estourando. Gritei, esperei, gritei de novo. Nenhuma resposta além do agito dos meus braços e do som das pequenas ondas picotadas. Então algo aconteceu à minha perna direita, aos dedos do pé. Pareciam cravados. Quando dei um chute, a dor disparou para a coxa. Eu queria viver. Deus, não me leve agora! Nadei cegamente para a praia.

Senti-me então de novo na linha da arrebentação e ouvi os vagalhões rugindo ainda mais alto. Parecia tarde demais. Eu não conseguia nadar, meus braços estavam tão cansados, minha perna direita doía tanto. Respirar era tudo o que importava. Debaixo d'água, a corrente puxava, rolando e me arrastando. Então este foi o fim de Camilla e este foi o fim de Arturo Bandini — mas eu ainda estava anotando tudo, vendo aquilo escrito ao longo de uma página numa máquina de escrever, escrevendo e buscando a areia áspera, seguro de que nunca sairia vivo dali. De repente, estava com água pela cintura, flácido e já muito entregue para fazer qualquer coisa a respeito, afundando impotente com minha mente clara, compondo toda a coisa, preocupando-me com os adjetivos em excesso. O vagalhão seguinte me derrubou de novo para baixo d'água, arrastando-me para uma profundidade de trinta centímetros e eu rastejei sobre mãos e joelhos para fora dos trinta centímetros d'água, pensando se poderia talvez escrever um poema sobre aquilo. Pensei em Camilla lá fora e solucei, e notei que minhas lágrimas eram mais salgadas que a água do mar. Não podia ficar deitado ali, tinha de ir buscar socorro em algum lugar, e então fiquei de pé e cambaleei na direção do carro. Estava com muito frio e meus maxilares matraqueavam.

Virei-me e olhei para o mar. A não menos do que quinze metros, Camilla vadeava em direção da terra com água pela cintura. Estava rindo, sufocando de tanto rir desta brincadeira suprema que fizera, e quando a vi mergulhar à frente do vagalhão seguinte com a graça e a perfeição de uma foca, não achei aquilo nada engraçado. Caminhei na sua direção, senti minha força voltando a cada passo, e quando cheguei junto dela levantei o seu corpo, acima de meus ombros, e não me importei com a sua gritaria, seus dedos arranhando meu escalpo e arrancando meus cabelos. Ergui-a o mais alto que podiam meus braços e a arremessei numa piscina d'água com menos de um metro de profundidade. Ela aterrissou com um baque que lhe tirou o fôlego. Saí da água, peguei seus cabelos com as duas mãos e esfreguei seu rosto e sua boca na areia lamacenta. Deixei-a ali, rastejando sobre mãos e joelhos, chorando e gemendo, e caminhei de volta para o carro. Ela havia mencionado cobertores no assento suplementar da baratinha. Eu os apanhei, me embrulhei e deitei-me na areia quente.

Pouco tempo depois, ela atravessou a areia fofa e me encontrou sentado debaixo dos cobertores. Gotejante e limpa, ficou parada de pé diante de mim, mostrando-se, orgulhosa de sua nudez, virando-se e virando-se.

— Ainda gosta de mim?

Olhei furtivamente para ela. Eu estava sem fala, acenava com a cabeça e sorria. Ela pisou nos cobertores e me pediu para lhe dar espaço. Arranjei-lhe um lugar e ela se enfiou debaixo, seu corpo liso e frio. Pediu-me para abraçá-la, eu a abracei e ela me beijou, seus lábios úmidos e frescos. Ficamos deitados um longo tempo e eu estava preocupado, com medo e sem paixão. Algo como uma flor cinzenta cresceu entre nós, um pensamento que tomou forma e falou do abismo que nos separava. Eu não sabia o que era. Senti que ela esperava. Coloquei minhas mãos sobre sua barriga, suas pernas, senti meu próprio desejo, procurei tolamente por minha paixão, esforcei-me para que viesse enquanto ela esperava, rolava, arrancava meus cabelos e implorava por aquilo, mas não havia nada, não havia nada mesmo, apenas a fuga para a carta de Hackmuth e pensamentos que restavam para ser escritos, mas nenhum desejo, apenas medo dela, e vergonha e humilhação. Então eu estava me culpando e me amaldiçoando e quis me levantar e entrar no mar. Ela sentiu meu recuo. Com um sorriso sarcástico, sentou-se e começou a secar os cabelos no cobertor.

— Pensei que gostasse de mim — disse.

Eu não podia responder. Encolhi os ombros e fiquei de pé. Nos vestimos e seguimos de volta para Los Angeles. Não falamos. Ela acendeu um cigarro e olhou para mim estranhamente, os lábios cerrados. Soprou fumaça na minha cara. Tirei o cigarro da sua boca e o joguei na rua. Ela acendeu outro e inalou languidamente, divertida e desdenhosa. Eu a odiei então.

A alvorada escalou as montanhas ao leste, barras de ouro luminosas cortando o céu como refletores. Puxei a carta de Hackmuth e a li de novo. Lá no leste, em Nova York, Hackmuth, nesta hora exata, estaria chegando ao escritório. Em algum lugar daquele escritório, estava meu manuscrito *As colinas distantes perdidas*. O amor não era tudo. As mulheres não eram tudo. Um escritor precisa conservar suas energias.

[85]

Chegamos à cidade. Eu lhe disse onde morava.

— Bunker Hill? — ela deu uma risada. — É um bom lugar para você.

— É perfeito — falei. — Em meu hotel não aceitam mexicanos.

Aquilo fez mal a nós dois. Ela dirigiu até o hotel e desligou o motor. Fiquei sentado pensando se havia mais alguma coisa a dizer, mas não havia nada. Saí, acenei com a cabeça e caminhei em direção do hotel. Entre minhas omoplatas, sentia seus olhos como punhais. Quando cheguei à porta, ela me chamou. Voltei até o carro.

— Não vai me dar um beijo de boa-noite?

Eu a beijei.

— Não assim.

Seus braços envolveram meu pescoço. Puxou meu rosto para baixo e enfiou os dentes no meu lábio inferior. Doeu e lutei com ela até que me desvencilhei. Estava sentada com um braço sobre o assento, sorrindo e me vendo entrar no hotel. Tirei meu lenço e apertei contra os lábios. O lenço tinha uma mancha de sangue. Caminhei pelo corredor cinzento até o meu quarto. Ao fechar a porta, todo o desejo que não chegara pouco antes tomou conta de mim. Martelava meu crânio e formigava meus dedos. Joguei-me na cama e rasguei o travesseiro com as mãos.

CAPÍTULO DEZ

Aquele dia todo ficou na minha cabeça. Lembrei-me da sua nudez marrom e do seu beijo, do sabor de sua boca quando veio fresca do mar e me vi branco e virginal, encolhendo meu estômago rechonchudo, de pé na areia com as mãos sobre o sexo. Andei para cima e para baixo no quarto. No final da tarde, estava exausto e minha visão no espelho era insuportável. Sentei-me à máquina e escrevi a respeito, despejei a história como deveria ter acontecido, martelei-a com tanta violência que a máquina de escrever portátil ia se afastando de mim e atravessando a mesa. No papel, eu a espreitei como um tigre, joguei-a por terra e a sobrepujei com minha força invencível. Terminava com ela rastejando atrás de mim na areia, lágrimas escorrendo dos olhos, implorando para que eu tivesse piedade dela. Ótimo. Excelente. Mas quando reli o texto, era feio e insípido. Rasguei as páginas e as joguei fora.

Hellfrick bateu na porta. Estava pálido e trêmulo, sua pele parecia papel molhado. Tinha deixado de beber; nunca mais tocaria numa gota sequer. Sentou-se na beira da minha cama e entrelaçou seus dedos ossudos. Nostalgicamente falou de carne, dos bons velhos bifes de Kansas City, dos maravilhosos *t-bones* e das tenras costeletas de carneiro. Mas não aqui nesta terra do sol eterno, onde o gado só comia ervas secas e luz solar, onde a carne estava cheia de vermes e tinham de pintá-la para parecer sangrenta e vermelha. E eu podia emprestar-lhe cinquenta centavos?

Dei-lhe o dinheiro e ele foi ao açougue em Olive Street. Logo depois, estava de volta ao seu quarto e o andar inferior do hotel ficou fragrante com o aroma picante de fígado e cebolas. Entrei no seu quarto. Estava sentado diante de um prato de comida, a boca inchada, as mandíbulas magras trabalhando duro. Sacudiu o garfo para mim.

— Vou lhe recompensar, garoto. Vou lhe pagar o que me emprestou mil vezes.

Aquilo me deixou com fome. Caminhei até o restaurante perto de Angel's Flight e pedi a mesma coisa. Comi o meu jantar sem nenhuma pressa. Mas por mais que me demorasse com o café, sabia que acabaria descendo Angel's Flight até o Columbia Buffet. Bastava tocar o caroço no meu lábio para ficar zangado e então sentir paixão.

Quando cheguei diante do Buffet, fiquei com medo de entrar. Atravessei a rua e a observei pelas janelas. Não calçava seus sapatos brancos e parecia a mesma, feliz e ocupada com a bandeja de cerveja.

Tive uma ideia. Caminhei rapidamente, dois quarteirões, até a agência dos correios. Sentei-me diante do formulário do telegrama, meu coração batendo forte. As palavras contorceram-se através da página. "Eu amo você Camilla eu quero casar com você" Arturo Bandini. Quando paguei, o funcionário olhou para o endereço e disse que seria entregue em dez minutos. Corri de volta a Spring Street e me postei na entrada de porta sombreada esperando que o garoto do telegrama aparecesse.

No momento em que o vi dobrar a esquina sabia que o telegrama era um equívoco. Corri até a rua e o interceptei. Disse que eu escrevera aquele telegrama e não queria que fosse entregue.

— Foi um equívoco — falei. Não me deu ouvidos. Era alto com um rosto sardento. Ofereci-lhe dez dólares. Sacudiu a cabeça e sorriu enfaticamente. Vinte dólares, trinta.

— Nem por dez milhões — disse ele.

Caminhei de volta às sombras e observei-o entregar o telegrama. Ela ficou espantada de recebê-lo. Vi seu dedo apontar para si mesma, seu rosto em dúvida. Mesmo depois que assinou o recibo, ficou parada segurando-o em sua mão, vendo o garoto do telégrafo desaparecer. Enquanto ela abria o telegrama, fechei meus olhos. Quando os abri, ela estava lendo o telegrama e rindo. Caminhou até o bar e entregou o telegrama ao *barman* de rosto pálido, aquele que tínhamos deixado em casa na noite anterior. Ele leu sem nenhuma expressão. Entregou-o ao outro *barman*. Ele também não ficou impressionado. Senti uma gratidão profunda para com os dois. Quando Camilla leu de novo, fiquei grato por isto também, mas, quando ela o levou para uma mesa onde um grupo de homens estava sentado bebendo, minha boca se abriu lentamente e fiquei enojado. A risada dos homens flutuava através da rua. Estremeci e me afastei dali rapidamente.

Na rua Seis, virei a esquina e caminhei em direção à rua Principal. Errei através de multidões de párias maltrapilhos e famintos sem destino. Na rua Dois, parei diante de um *taxi-dancing* filipino. A literatura nas paredes falava eloquentemente de quarenta belas garotas e da música mágica de Lonny Killula e seus Havaianos Melódicos. Subi um andar de escadarias cheias de eco até uma cabina e comprei um ingresso. Lá dentro havia quarenta mulheres, alinhadas contra a parede oposta, elegantes em vestidos de noite justos, a maioria delas loura. Ninguém estava dançando, nem uma só alma. Na plataforma, a orquestra de cinco figuras atacava uma música com fúria. Uns poucos fregueses como eu estavam de pé atrás de uma pequena cerca de vime, do lado oposto das garotas. Elas faziam sinais para nós. Examinei o grupo, encontrei uma loura cujo vestido me agradou, e comprei alguns tíquetes de dança. Acenei então para a loura. Caiu nos meus braços como uma velha amante e pisamos na pista para duas danças.

Ela falava macio e me chamava de querido, mas eu só pensava naquela garota a dois quarteirões dali, pensava em mim deitado com ela na areia fazendo papel de idiota. Era inútil. Dei à loura enjoada meu punhado de tíquetes e saí do *dancing* para as ruas de novo. Podia me ver esperando e, quando olhava com insistência para os relógios da rua, sabia o que havia de errado comigo. Eu estava à espera das onze horas, quando o Columbia fechava.

Cheguei lá quinze para as onze. Segui para o estacionamento, caminhando em direção ao seu carro. Sentei-me no estofo rasgado e esperei. Num canto do estacionamento, havia um galpão onde o atendente guardava suas contas. Sobre o galpão havia um relógio de néon em vermelho. Cravei meu olho no relógio, observei o ponteiro dos minutos deslocar-se para as onze horas. Fiquei então com medo de vê-la de novo e, quando me remexia e contorcia no assento, minha mão tocou em algo mole. Era um boné dela, um gorro escocês com uma pequenina borla fofa no topo. Senti-o com meus dedos e cheirei-o. Seu talco era como ela mesma. Era o que eu queria. Enfiei-o no bolso e deixei o estacionamento. Subi as escadarias de Angel's Flight até o meu hotel. Quando cheguei no meu quarto, tirei o gorro e joguei-o na cama. Despi-me, apaguei a luz e segurei seu boné nos meus braços.

Outro dia, poesia! Escreva um poema para ela, derrame seu coração para ela em doces cadências; mas eu não sabia escrever poesia. Era amor e dor comigo, rimas pobres, sentimento desajeitado. Oh, Cristo no céu, não sou um escritor; não consigo sequer escrever uma quadra, não sou bom neste mundo. Fiquei parado junto à janela e agitei as mãos para o céu; não sou nada bom, apenas um impostor barato; nem escritor, nem amante; nem peixe, nem ave.

Então qual era o problema?

Tomei o café da manhã e fui até uma pequena igreja nos limites de Bunker Hill. A reitoria ficava nos fundos da igreja de madeira. Toquei a sineta e uma mulher num avental de enfermeira atendeu. Suas mãos estavam cobertas de farinha e massa de pão.

— Desejo ver o padre — falei.

A mulher tinha um maxilar quadrado e um par hostil de olhos cinzentos aguçados.

— O abade está ocupado — disse ela. — O que quer?

— Preciso vê-lo — falei.

— Já lhe disse que está ocupado.

O padre veio à porta. Era corpulento, forte, fumando um charuto, um homem na casa dos cinquenta.

— O que é? — perguntou.

Disse-lhe que queria vê-lo a sós. Tinha alguns problemas na minha mente. A mulher fungou com desdém e desapareceu num corredor. O padre abriu a porta e conduziu-me ao seu escritório. Era uma sala pequena entulhada de livros e revistas. Meus olhos se arregalaram. Ali, num canto, havia uma pilha imensa da revista de Hackmuth. Caminhei para ela imediatamente e puxei o exemplar que continha O *cachorrinho riu*. O padre havia se sentado.

— Esta é uma grande revista — falei. — A melhor de todas.

O padre cruzou as pernas, mudou o charuto de posição.

— É podre — disse ele. — Podre até o cerne.

— Discordo — falei. — Acontece que sou um dos seus principais colaboradores.

— Você? — o padre perguntou. — E qual foi a sua colaboração?

[91]

Abri a página de *O cachorrinho riu* diante dele na mesa. Deu uma olhada e afastou a revista para o lado.

— Li esta história — disse. — É pura porcaria. E sua referência ao Santíssimo Sacramento foi uma mentira vil e desprezível. Devia envergonhar-se.

Recostando-se na sua cadeira, deixou bem claro que não gostava de mim, seus olhos zangados focalizando a minha testa, o charuto rolando de um lado da boca para o outro.

— E então — falou. — Queria falar comigo sobre o quê?

Não me sentei. Ele deixou-me bem claro à sua maneira que eu não deveria usar nenhuma mobília da sala.

— É a respeito de uma jovem — eu disse.

— O que foi que fez a ela? — disse ele.

— Nada — falei. Mas não conseguia falar mais. Ele havia arrancado meu coração. Porcaria! Todas aquelas nuanças, aquele diálogo soberbo, aquele lirismo brilhante — e chamara aquilo de porcaria. Melhor fechar os ouvidos e ir para algum lugar onde nenhuma palavra fosse pronunciada. Porcaria!

— Mudei de ideia — eu disse. — Não quero falar sobre isso agora.

Ele se levantou e caminhou até a porta.

— Muito bem — falou. — Bom dia.

Saí para a rua, o sol quente me ofuscando. O melhor conto da literatura americana e esta pessoa, este padre, o chamara de porcaria. Talvez aquele negócio do Santíssimo Sacramento não fosse exatamente verdadeiro; talvez não tivesse realmente acontecido. Mas, meu Deus, que valores psicológicos! Que prosa! Quanta beleza!

Assim que cheguei ao meu quarto, sentei-me diante da máquina de escrever e planejei minha vingança. Um artigo, um ataque contundente à estupidez da Igreja. Pincei o título: *A Igreja Católica está condenada*. Datilografei-o furiosamente, uma página após outra, até que eram seis. Parei então para ler. O texto era terrível, ridículo. Rasguei-o e joguei-me na cama. Ainda não tinha escrito um poema para Camilla. Deitado ali, a inspiração chegou. Escrevi de cor:

Esqueci-me de tanto, Camilla! o vento levou,
Rosas dispersas, rosas desenfreadas na multidão,
Dançando, para esquecer teus pálidos lírios perdidos;
Mas eu estava desolado e tomado de uma velha paixão,
Sim, o tempo todo, pois a dança era longa;
Fui fiel a ti, Camilla, à minha maneira.

Arturo Bandini

Enviei-o por telegrama, orgulhoso dele, observei o funcionário dos telégrafos que o lia, belo poema, meu poema para Camilla, uma partícula de imortalidade de Arturo para Camilla, paguei o homem dos telégrafos, caminhei até o meu lugar na soleira sombreada e esperei ali. O mesmo rapaz veio voando na sua bicicleta. Eu o vi entregar o telegrama, vi Camilla o ler no meio do salão, vi rasgá-lo em pedacinhos, vi os pedaços flutuando até caírem na serragem do chão. Sacudi a cabeça e fui embora. Nem a poesia de Ernest Dowson fazia efeito sobre ela, nem mesmo Dowson.

Ora, ao diabo com Camilla. Posso esquecê-la. Tenho dinheiro. Estas ruas estão cheias de coisas que você não pode me dar. Rumo à rua Principal e à rua Cinco, aos bares longos e escuros, ao King Edward Cellar, e lá estava uma garota com cabelos amarelos e um sorriso mórbido. Seu nome era Jean, era magra e tuberculosa, e pobre também, tão ansiosa para arrancar o meu dinheiro, sua boca lânguida para meus lábios, seus dedos longos em minhas calças, seus adoráveis olhos doentios fitando cada nota de dólar.

— Então seu nome é Jean — falei. — Ora, ora, ora, um belo nome.

[93]

Vamos dançar, Jean. Vamos rodar por aí e você não sabe, bela num vestido azul, mas está dançando com um anormal, um pária do mundo dos homens, nem peixe, nem carne, nem um bom arenque vermelho. E bebemos e dançamos e bebemos de novo. Bom sujeito o Bandini, e então Jean chamou o patrão.

— Este é o Sr. Bandini. Este é o Sr. Schwartz.

Muito bem, apertos de mão.

— Belo lugar o seu, Sr. Schwartz, belas garotas.

Um drinque, dois drinques, três drinques. O que é que você está tomando, Jean? Provei aquela coisa marrom, parecia uísque, devia ser uísque, as caretas que ela fazia, seu doce rosto tão contorcido. Mas não era uísque, era chá, simples chá, quarenta centavos a dose. Jean, uma pequena mentirosa, tentando enganar um grande autor. Não me engane, Jean. Não Bandini, amante de homem e de besta igualmente. Pegue isto, cinco dólares, guarde, não beba, Jean, fique só sentada aqui, fique sentada e deixe meus olhos explorarem seu rosto, porque seus cabelos são louros e não escuros, você não é como ela, você é doente e veio lá do Texas e tem uma mãe aleijada para sustentar e não ganha muito dinheiro, só vinte centavos por drinque, você só ganhou dez dólares de Arturo Bandini esta noite, pobre garotinha com os doces olhos de um bebê e a alma de um ladrão. Vá procurar seus amigos marujos, querida. Eles não têm os dez dólares, mas têm o que eu não tenho, eu, Bandini, nem peixe, nem ave, nem um bom arenque vermelho, boa noite Jean, boa noite.

E aqui estava outro lugar e outra garota. Oh, como ela era solitária, lá de longe, do Minnesota. De boa família também. Tinham muitas propriedades e veio a Depressão. Ora, que triste, que trágico. E agora você trabalha aqui numa espelunca da rua Cinco, e seu nome é Evelyn, pobre Evelyn, e o seu pessoal está aqui também, e você tem a irmã mais bonita, não como as vagabundas que a gente encontra por aqui, uma garota ótima, e me pergunta se gostaria de conhecer sua irmã. Por que não? Ela

[94]

foi buscar sua irmã. A inocente pequena Evelyn atravessou a sala e arrastou a pobre da irmãzinha Vivian daqueles miseráveis marujos e a trouxe à nossa mesa. Olá, Vivian, este é Arturo. Olá, Arturo, esta é Vivian. Mas o que aconteceu com sua boca, Vivian, quem a cortou com uma faca? E o que aconteceu com seus olhos injetados de sangue e ao seu doce hálito cheirando a esgoto, pobres crianças, lá de longe, do glorioso Minnesota. Oh, não, não são suecas, de onde tirou esta ideia? Seu sobrenome era Mortensen, mas não era sueco, porque sua família era americana havia muitas gerações. Com certeza. Apenas uma dupla de garotas caseiras.

Quer saber de uma coisa? — Evelyn falando. — Pobre da pequena Vivian, trabalhava aqui havia quase seis meses e nem uma só vez qualquer destes desgraçados pediu uma garrafa de champanha e eu aqui, Bandini, parecia um sujeito tão simpático e Vivian não era bonita e não era uma vergonha, ela tão inocente, por que eu não lhe pagava uma garrafa de champanha? Cara pequena Vivian, lá de longe dos campos do Minnesota e não uma sueca, e quase uma virgem também, apenas alguns homens a separando da virgindade. Quem podia resistir a este tributo? Tragam, pois, o champanha, champanha barato, só uma garrafa de meio litro, podemos todos bebê-lo, só oito dólares a garrafa, e, puxa, como o vinho era barato aqui, não é? Ora, lá em Duluth, o champanha custava doze dólares a garrafa.

Ah, Evelyn e Vivian, eu amo vocês duas, eu amo vocês por suas tristes vidas, a miséria vazia de voltarem para casa ao amanhecer. Vocês também estão sozinhas, mas não são como Arturo Bandini, que não é peixe, nem ave, nem arenque vermelho. Então bebam seu champanha, porque eu amo vocês duas, e você também, Vivian, ainda que sua boca pareça ter sido arrancada com as unhas brutas e seus olhos de criança nadem em sangue escritos como loucos sonetos.

[95]

CAPÍTULO ONZE

Mas isto era caro. Vá com calma, Arturo; esqueceu-se daquelas laranjas? Contei o que restava. Eram vinte dólares e alguns centavos. Fiquei apavorado. Rebusquei as cifras no cérebro, somei tudo o que havia gasto. Vinte dólares apenas — impossível! Eu fora roubado, perdera meu dinheiro, havia um erro em algum lugar. Procurei por todo o quarto, revirei bolsos e gavetas, mas era aquilo mesmo, fiquei amedrontado e preocupado e decidido a trabalhar, escrever outra história rápido, algo escrito tão rápido que tinha de ser bom. Sentei-me diante da máquina de escrever e o grande vazio baixou e bati a cabeça com os punhos, coloquei um travesseiro debaixo de minhas nádegas doloridas e fiz pequenos ruídos de agonia. Foi inútil. Eu tinha de vê-la e não me importava como o faria.

Esperei-a no estacionamento. Às onze, ela dobrou a esquina e Sammy, o *barman*, estava com ela. Ambos me viram a distância e ela abaixou a voz e, quando chegou ao carro, Sammy disse: "Olá", mas ela disse: "O que você quer?"

— Quero falar com você — eu disse.

— Não pode ser esta noite — respondeu.

— Vamos combinar para mais tarde esta noite.

— Não posso. Estou ocupada.

— Não está tão ocupada assim. Pode me encontrar.

Abriu a porta do carro para que eu saísse, mas não me mexi e ela disse:

— Por favor, saia.

— Nada feito — falei.

Sammy sorriu. O rosto dela inflamou-se.

— Saia, com os diabos!

— Vou ficar — falei.

— Vamos, Camilla — disse Sammy.

Ela tentou arrancar-me do carro, agarrou meu suéter, sacudiu e puxou.

— Por que age assim? — disse. — Não consegue ver que não quero nada com você?

— Vou ficar — falei.

— Seu idiota! — disse ela.

Sammy caminhou na direção da rua. Ela foi atrás dele, os dois se afastaram e fiquei ali sozinho, horrorizado e sorrindo levemente do que havia feito. Assim que sumiram de vista, eu saí e subi os degraus de Angel's Flight e depois desci até o meu quarto. Não podia entender por que havia feito aquilo. Sentei-me na cama e tentei apagar o episódio do pensamento.

Ouvi então uma batida na porta. Não tive a chance de dizer entre porque a porta se abriu, me virei e lá estava uma mulher parada na soleira, olhando-me com um sorriso peculiar. Não era uma mulher alta, nem bonita, mas parecia atraente e madura e tinha olhos negros nervosos. Eram brilhantes, o tipo de olhos que uma mulher adquire à custa de muito *bourbon*, olhos muito cintilantes e vidrados, e extremamente insolentes. Ficou parada na porta sem se mexer ou falar. Vestia-se inteligentemente: casaco preto com gola de pele, sapatos pretos, saia preta, blusa branca e uma pequena bolsa.

— Olá — falei.

— Que está fazendo? — disse ela.

— Só sentado aqui.

Fiquei assustado. A visão e a proximidade daquela mulher quase me paralisavam; talvez fosse o choque de vê-la tão subitamente, talvez fosse minha própria miséria naquele momento, mas a proximidade dela e aquele brilho ensandecido de seu olhar vidrado me faziam querer saltar de pé e bater nela, e tive de me conter. O sentimento só durou um instante e logo passou. Ela atravessou o quarto com aqueles olhos escuros observando-me de maneira insolente e virei o rosto para a janela, não preocupado com a sua insolência, mas com aquele sentimento que me perpassara como uma bala. Agora havia o odor do seu perfume no quarto, o perfume que paira sobre as mulheres em luxuriantes saguões de hotel, e tudo aquilo me deixava nervoso e inseguro.

Quando chegou perto de mim, não me levantei, continuei sentado, tomei fôlego e finalmente olhei para ela de novo. Seu nariz era abatatado, mas não era feio, e seus lábios eram bastante marcados sem batom, um tanto rosados; mas o que me pegou foram os seus olhos: o seu brilho, seu animalismo e sua inquietação.

Caminhou até minha mesa e puxou uma folha da máquina de escrever. Eu não sabia o que estava acontecendo. Continuei sem falar, mas podia sentir o cheiro de bebida no seu hálito e o odor muito distinto e peculiar de decadência, doce e enjoado, o odor da velhice, o odor desta mulher no processo de envelhecer.

Olhou meramente o texto; ele a aborreceu e ela o jogou por cima do ombro, e a folha ziguezagueou até o chão.

— Não é bom — disse. — Você não sabe escrever. Não sabe escrever mesmo.

— Muito obrigado — falei.

Comecei a perguntar-lhe o que queria, mas ela não parecia do tipo que aceitava perguntas. Saltei da cama e lhe ofereci a única

[99]

cadeira no quarto. Não quis. Olhou para a cadeira e então para mim, pensativa, sorrindo seu desinteresse por meramente se sentar. Deu uma volta no quarto lendo algumas das coisas que eu colara nas paredes. Havia trechos que eu tinha datilografado de Mencken, de Emerson e de Whitman. Escarneceu de todos. Puf, puf, puf! Fazendo gestos com os dedos, retorcendo os lábios. Sentou-se na cama, puxou o casaco para baixo até os cotovelos, colocou as mãos nos quadris e olhou para mim com intolerável desprezo.

Lenta e dramaticamente, começou a recitar:

> *Que poderia eu ser senão um profeta e mentiroso,*
> *Cuja mãe era um duende, cujo pai era um frade?*
> *Nascido num crucifixo e embalado debaixo d'água,*
> *Que poderia eu ser se não a afilhada do demônio?*

Era Millay, reconheci imediatamente, e ela continuou; conhecia mais Millay do que o próprio Millay e, quando finalmente terminou, ergueu o rosto, olhou para mim e disse:

— Isto é *literatura*! Você nada sabe de literatura. Você é um tolo!

Eu embarcara no espírito dos versos e, quando ela me cortou tão subitamente para me denunciar, fiquei de novo à deriva.

Tentei responder, mas ela me interrompeu e mergulhou no estilo de Barrymore, falando profunda e tragicamente; murmurando sobre a pena de tudo aquilo, a estupidez de tudo aquilo, o absurdo de um escritor ruim e sem esperança como eu enterrado num hotel barato de Los Angeles, Califórnia, de todos os lugares, escrevendo coisas banais que o mundo nunca leria e nunca teria uma chance de esquecer.

Inclinou-se para trás, entrelaçou os dedos na nuca e falou sonhadoramente para o teto:

— Você vai me amar esta noite, seu escritor tolo; sim, esta noite você vai me amar.

— Espere aí, o que é isto, afinal? — eu disse.

Ela sorriu.

— Que importa? Você não é ninguém e eu podia ter sido alguém, e o fim da estrada para nós dois é o amor.

Seu cheiro agora estava bem forte, impregnando todo o ambiente, a tal ponto que o quarto parecia ser dela e não meu, e eu era um estranho nele, e achei que era melhor sairmos para que ela pudesse respirar um pouco do ar da noite. Perguntei se gostaria de dar uma volta no quarteirão.

Ela soergueu-se rapidamente.

— Ouça! Eu tenho dinheiro, dinheiro! Vamos até algum lugar para beber!

— Claro! — falei. — Boa ideia.

Vesti o suéter. Quando me virei, ela estava de pé ao meu lado e colocou as pontas dos dedos na minha boca. Aquele misterioso odor açucarado era tão forte em seus dedos que caminhei até a porta e a deixei aberta e esperei que ela saísse.

Subimos as escadas e atravessamos o saguão. Quando chegamos ao balcão da recepção, fiquei contente de que a senhoria já tivesse ido para a cama; não havia nenhum motivo, mas eu não queria que a Sra. Hargraves me visse com esta mulher. Disse-lhe para atravessar o saguão nas pontas dos pés e ela o fez; divertiu-se terrivelmente com aquilo, como quem tira prazer das pequenas coisas; empolgou-se e apertou os dedos ao redor do meu braço.

Havia nevoeiro em Bunker Hill, mas não no centro da cidade. As ruas estavam desertas e o som de seus saltos na calçada ecoavam entre os velhos edifícios. Agarrou-me o braço e me curvei para ouvir o que ela queria sussurrar.

— Você vai ser tão maravilhoso! — disse. — Tão admirável!

— Vamos esquecer disso agora. Vamos caminhar apenas — eu disse.

Ela queria um drinque. Insistiu. Abriu a bolsa e agitou uma nota de dez dólares.

— Veja. Dinheiro! Eu tenho um montão de dinheiro!

Caminhamos até o Solomon's Bar, na esquina, onde eu jogava *pinball*. Não havia ninguém lá além de Solomon, de pé com o queixo apoiado nas mãos, preocupado com os negócios. Fomos até uma cabina que dava para a janela da frente e esperei que ela se sentasse, mas insistiu que eu entrasse primeiro. Solomon veio atender ao nosso pedido.

— Uísque! — disse ela. — Muito uísque.

Solomon franziu a testa.

— Uma cerveja pequena para mim — falei.

Solomon a observava com severidade, inquisitivamente, sua calva enrugada pela carranca. Pude sentir a consanguinidade e soube então que era judia também. Solomon foi buscar os drinques e ela ficou sentada ali com os olhos flamejantes, as mãos cruzadas na mesa, os dedos se entrelaçando e se separando. Fiquei tentando pensar em algum modo de escapar dela.

— Um drinque vai lhe fazer bem — falei.

Antes que me desse conta, ela estava sobre minha garganta, mas não brutalmente, suas longas unhas e dedos curtos contra minha pele enquanto falava da minha boca, da minha boca maravilhosa; oh, deus, que boca eu tinha.

— Beije-me! — disse.

— Claro — falei. — Vamos tomar um drinque.

Ela cerrou os dentes.

— Então você também sabe sobre mim! — disse. — É como o resto deles. Sabe das minhas feridas e é por isso que não me beija. Porque eu o enojo!

Pensei, ela é maluca; tenho de sair daqui. Ela me beijou, sua boca com gosto de salsichão de fígado sobre centeio. Recostou-se na cadeira, respirando com alívio. Puxei o lenço e enxuguei o suor da minha testa. Solomon voltou com os drinques. Tentei puxar algum dinheiro, mas ela pagou rapidamente. Solomon foi buscar o troco, mas eu o chamei e dei-lhe uma nota. Ela discutiu e protestou, batendo os saltos e os punhos. Solomon ergueu as mãos num gesto de desamparo e pegou o dinheiro dela. No momento em que virou as costas, eu disse:

— Senhora, esta festa é sua. Eu preciso ir andando.

Ela me puxou e me fez sentar, seus braços me envolveram e lutamos até que achei aquilo absurdo. Recostei-me e tentei pensar em outra fuga.

Solomon voltou com o troco. Peguei um níquel dele e disse a ela que ia jogar *pinball*. Sem uma palavra, me deixou passar e eu me levantei e caminhei até a máquina. Observou-me como a um cão premiado e Solomon a observava como a uma criminosa. Ganhei da máquina e pedi a Solomon para se aproximar e verificar a contagem.

— Quem é aquela mulher, Solomon? — sussurrei.

Ele não sabia. Estivera ali mais cedo, naquela noite, e bebera um bocado. Eu lhe disse que queria sair pelos fundos.

— É a porta da direita — disse ele.

Ela terminou seu uísque e martelou a mesa com o copo vazio. Eu me aproximei, tomei um gole da cerveja e pedi licença por um minuto. Apontei o polegar em direção do banheiro dos homens. Ela deu uma palmadinha no meu braço. Solomon me observava quando peguei a porta oposta à do banheiro dos homens. Dava para um depósito e a porta para a viela estava a apenas poucos metros. Assim que o nevoeiro envolveu meu rosto, me senti melhor. Queria estar o mais longe possível dali. Não estava com fome, mas caminhei quase dois quilômetros até um quiosque de cachorro-quente na rua Oito e tomei uma xícara de café para matar o tempo. Sabia que ela voltaria ao meu quarto depois que sentisse falta de mim. Algo me dizia que era doida,

[103]

podia ser que tivesse bebido demais, mas não importava, eu não queria vê-la de novo.

Voltei ao meu quarto às duas da manhã. A personalidade dela e aquele odor misterioso de velhice ainda estavam impregnados, e não era meu quarto de modo algum. Pela primeira vez, sua maravilhosa solidão fora conspurcada. Cada segredo daquele quarto parecia exposto. Abri bem as duas janelas e observei o nevoeiro flutuar para dentro do quarto rolando em tristes blocos. Quando ficou frio demais, fechei as janelas e, embora o quarto estivesse molhado do nevoeiro e meus papéis e livros cobertos por uma película de umidade, o perfume ainda estava lá, inequívoco. Eu tinha o gorro escocês de Camilla debaixo do travesseiro. Ele também parecia encharcado pelo odor, e quando o apertei contra a minha boca, foi como se esta estivesse nos cabelos negros daquela mulher. Sentei-me à máquina de escrever, dedilhando as teclas ociosamente.

Assim que comecei, ouvi passos no corredor e sabia que ela estava voltando. Apaguei as luzes rapidamente e sentei-me na escuridão, mas demorei demais, pois ela devia ter visto a luz debaixo da porta. Bateu e não respondi. Bateu de novo, mas continuei sentado quieto tragando um cigarro. Começou a bater na porta com os punhos e a gritar que ia chutar a porta e que a chutaria a noite toda se eu não abrisse. Começou a chutar e aquilo fazia um barulho terrível naquele hotel sacolejante, e então corri e abri a porta.

— Querido! — disse, estendendo os braços.

— Meu Deus! Você não acha que foi longe demais? Não vê que já estou cheio?

— Por que você me deixou? — perguntou. Por que fez isso?

— Eu tinha outro compromisso.

— Querido! — disse. — Por que mente assim para mim?

— Ora, está maluca.

Atravessou o quarto e puxou a folha da máquina de escrever de novo. Estava cheia de todo tipo de bobagem, algumas frases soltas, meu nome escrito repetidas vezes, fragmentos de poesia. Mas, desta vez, seu rosto se abriu num sorriso.

— Maravilhoso! — disse. — Você é um gênio. Meu querido é tão talentoso.

— Estou terrivelmente ocupado — falei. — Quer ir embora, por favor?

Era como se não tivesse me ouvido. Sentou-se na cama, desabotoou o casaco e balançou os pés.

— Eu amo você — disse. — Você é meu querido e vai me amar.

— Outro dia qualquer. Não esta noite. Estou cansado — eu disse.

O odor açucarado se fez sentir.

— Não estou brincando — falei. — Acho melhor você ir embora. Não quero ter de jogá-la na rua.

— Estou tão solitária — disse.

Falava sério. Havia algo de errado com ela, retorcido, despejado por estas palavras, e senti vergonha de ser tão duro.

— Está bem — falei. — Vamos ficar sentados aqui e conversar um pouco.

Puxei a cadeira e me escarranchei nela, com o queixo no espaldar, olhando para ela enquanto se aconchegava na cama. Não estava tão bêbada quanto pensei. Havia algo de errado com ela e não era álcool e eu queria descobrir o que era.

Sua conversa era loucura. Disse-me o seu nome, Vera. Era governanta de uma família judia rica em Long Beach. Mas estava cansada de ser governanta. Viera da Pensilvânia, fugindo através do país, porque seu marido fora infiel com ela. Naquele dia, chegara a Los Angeles vinda de Long Beach. Vira-me no restaurante na esquina da Olive Street com a rua Dois. Seguira-me até

[105]

o hotel, porque meus olhos haviam "penetrado na sua alma". Mas eu não conseguia me lembrar de tê-la visto lá. Estava seguro de que nunca a vira antes. Tendo descoberto onde eu morava, fora até o Solomon's e se embriagara. Vinha bebendo o dia inteiro, mas era só para ganhar coragem e invadir meu quarto.

— Sei que sou revoltante para você — disse. — E que você sabe das minhas feridas e do horror que minhas roupas escondem. Mas deve tentar se esquecer do meu corpo feio, porque sou realmente boa de coração, sou tão boa que mereço mais do que o seu nojo.

Fiquei sem fala.

— Desculpe-me pelo meu corpo! — disse. Estendeu os braços para mim, lágrimas escorrendo pelo rosto. — Pense na minha alma! — disse. — Minha alma é tão bonita, pode trazer tanto para você! Não é feia como a minha carne.

Chorava histericamente, deitada sobre o rosto, as mãos tateando por entre os cabelos escuros, e me senti impotente, não sabia do que falava; ah, cara senhora, não chore assim, não deve chorar assim, e peguei sua mão quente e tentei dizer-lhe que estava falando em círculos; era tudo tão tolo, a conversa dela, era autoperseguição, era um monte de coisas bobas, e eu falava assim, gesticulando com as mãos, implorando com a voz.

— Você é uma bela mulher e seu corpo é tão bonito e toda esta conversa é uma obsessão, uma fobia infantil, um efeito colateral da caxumba. Não deve se preocupar e não precisa chorar, porque vai superar isto. Eu sei que vai superar.

Mas eu era desajeitado e a fazia sofrer ainda mais, porque ela estava num inferno de sua própria criação, tão longe de mim que o som da minha voz tornava a distância ainda maior. Tentei então falar de outras coisas e tentei fazê-la rir de minhas obsessões. Veja, minha senhora, Arturo Bandini, ele também tem suas obsessões! E de baixo do travesseiro puxei o gorro de Camilla com a pequena borla.

— Veja, senhora! Também tenho as minhas. Sabe o que eu faço, senhora? Levo este pequeno gorro para a cama comigo e o aperto junto a mim e digo: "Oh, eu amo você, eu amo você, bela princesa!" E depois lhe contei outras coisas; oh, eu não era nenhum anjo; minha alma tinha algumas distorções e desvios típicos; por isso não se sinta solitária, senhora; porque tem muita companhia; tem Arturo Bandini e ele tem um monte de coisas para lhe contar. E ouça esta: sabe o que fiz certa noite? Arturo, confessando tudo: sabe a coisa terrível que fiz? Certa noite, uma mulher bonita demais para este mundo surgiu em asas de perfume, uma mulher com uma raposa ruiva e um chapeuzinho simpático, e Bandini a seguindo porque ela era melhor do que os sonhos, observando-a entrar no Bernstein's Fish Grotto, observando-a num transe através de um aquário cheio de rãs e de trutas, observando-a enquanto comia sozinha; e quando ela terminou sabe o que fiz, senhora? Portanto não chore, porque ainda não ouviu nada, porque sou terrível, senhora, e meu coração está cheio de tinta negra; eu, Arturo Bandini, entrei no Bernstein's Fish Grotto e me sentei na exata cadeira em que ela se sentara e tremi de alegria, apalpei o guardanapo que ela usou e havia lá um toco de cigarro com uma mancha de batom, e sabe o que eu fiz, senhora? A senhora, com seus pequeninos problemas, eu comi o toco de cigarro, mastiguei-o, tabaco, papel e tudo, eu o engoli, e achei delicioso, porque ela era tão bonita e havia uma colher ao lado do prato e eu a botei no bolso e, de vez em quando, eu tirava a colher do meu bolso e a saboreava, porque ela era tão bonita. O amor dentro do orçamento, uma heroína de graça sem custar nada, tudo para o coração negro de Arturo Bandini, a ser lembrada através de um aquário cheio de trutas e de pernas de rãs. Não chore, senhora; poupe suas lágrimas para Arturo Bandini, porque ele tem os seus problemas, e são problemas dos grandes, e nem mesmo comecei a falar, mas podia lhe dizer algo sobre uma noite na praia com uma princesa morena

[107]

e sua pele indescritível, seus beijos como flores mortas, inodoros no jardim da minha paixão.

Mas ela não estava ouvindo e cambaleou para fora da cama, caiu de joelhos diante de mim e pediu que eu dissesse que ela não era revoltante.

— Diga-me! — soluçou. — Diga-me que sou bonita como as outras mulheres.

— Claro que é! Você é realmente muito bonita!

Tentei erguê-la, mas ela se agarrava a mim freneticamente e eu nada podia fazer a não ser tentar consolá-la, mas era tão desajeitado, tão inadequado, e ela estava tão mergulhada nas profundezas além de mim, mas eu continuava tentando.

Começou então a falar de novo de suas feridas, aquelas feridas fantasmagóricas que haviam arruinado sua vida, que haviam destruído o amor antes que ele chegasse, expulsado um marido dela direto para os braços de outra mulher, e tudo aquilo era fantástico para mim e incompreensível, porque ela era realmente bonita à sua maneira, não era aleijada, nem estava desfigurada, e havia muitos homens que lhe dariam amor.

Ficou de pé cambaleante, os cabelos caídos sobre o rosto, mechas de cabelo coladas nas faces encharcadas de lágrimas; seus olhos estavam inchados e parecia uma maníaca, embrutecida pela amargura.

— Vou lhe mostrar! — gritou. — Vai ver com seus próprios olhos, seu mentiroso! Mentiroso!

Com as duas mãos, afrouxou a saia escura que se aninhou nos seus pés. Deu um passo à frente e era realmente bonita numa combinação branca, e eu disse:

— Mas você é adorável! Eu lhe falei que era adorável!

Continuava soluçando enquanto abria os fechos da blusa, e eu lhe disse que não era necessário tirar mais nada; ela me convencera sem nenhuma sombra de dúvida e não era preciso se machucar ainda mais.

— Não — disse. — Vai ver com os próprios olhos.

Não conseguia abrir os colchetes nas costas da blusa e virou-se para mim e mandou que os abrisse. Acenei com a mão.

— Pelo amor de Deus, esqueça disso — falei. — Você me convenceu. Não precisa fazer um *strip-tease*.

Ela soluçava desesperadamente e agarrou a blusa fina com as duas mãos e a rasgou com um só puxão.

Quando começou a tirar a combinação, virei as costas e fui até a janela, porque sabia que ia me mostrar algo desagradável, e ela começou a rir para mim, gritar para mim e mostrar a língua para meu rosto preocupado.

— Sim, sim! Veja! Você já sabe! Já sabe tudo das feridas!

Tive de enfrentar aquilo e me virei e ela estava nua a não ser pelas meias e pelos sapatos e então eu vi as feridas. Ficavam perto do sexo, um sinal de nascença ou coisa parecida, uma queimadura, um local ressequido, lamentável, oco, vazio, onde a carne havia sumido e onde as coxas subitamente ficavam pequenas e murchas e a carne parecia morta. Cerrei os maxilares e então disse:

— O que... isso aí? É tudo, só isso? Não é nada, uma bobagem.

Mas eu estava perdendo as palavras e tive de proferi-las rapidamente ou jamais se formariam.

— É ridículo — eu disse. — Quase nem notei. Você é adorável; você é maravilhosa!

Ela se estudou curiosamente, sem acreditar em mim, e então me olhou de novo e fixei os olhos no seu rosto, senti a náusea que me revirava o estômago, respirei o odor açucarado e espesso da sua presença e disse de novo que ela era bonita e o mundo escapava como um sussurro, de tão bonita que era, uma menina pequena, uma virgem criança, tão bonita e rara de se ver, e sem uma palavra, corando, ela apanhou a combinação e a vestiu por sobre a cabeça, uma satisfação cantante e misteriosa na garganta.

[109]

Ficou tímida imediatamente, tão deliciada, e eu ri ao encontrar as palavras que me vinham mais facilmente agora, e falei de novo e de novo de como era adorável e de como fora tola. Mas fale rápido, Arturo, fale rapidamente, porque algo estava acontecendo comigo e eu precisava sair, por isso lhe disse que precisava ir até o corredor por um minuto e que se vestisse enquanto isso. Ela se cobriu e seus olhos estavam nadando de alegria ao me ver sair. Fui até o final do corredor, até o patamar da escada de incêndio, e ali me soltei, chorando e incapaz de me conter, porque Deus era um canalha tão sujo, um pulha desprezível, é o que Ele era por fazer aquilo com aquela mulher. Desça dos céus, seu Deus, venha até aqui que vou socar seu rosto por toda a cidade de Los Angeles, seu moleque miserável e imperdoável. Não fosse por você, esta mulher não seria tão mutilada e nem o mundo, não fosse por você, eu poderia ter possuído Camilla Lopez lá na praia, mas não! Você tem de fazer os seus truques: veja o que fez a esta mulher e ao amor de Arturo Bandini por Camilla Lopez. E então minha tragédia parecia maior do que a da mulher e me esqueci dela.

Quando voltei, estava vestida e penteava os cabelos diante do pequeno espelho. A blusa rasgada fora enfiada dentro do bolso do casaco. Parecia exausta e, no entanto, tão serenamente feliz, e eu lhe disse que podia caminhar com ela até o Electric Depot, no centro da cidade, onde poderia pegar um trem para Long Beach. Ela disse não, que eu não precisava fazer aquilo. Escreveu seu endereço num pedaço de papel.

— Um dia você irá a Long Beach — disse. — Vou esperar muito tempo, mas você irá.

Na porta, nos despedimos. Estendeu a mão, estava tão quente e viva.

— Adeus — disse. — Tome cuidado.

— Adeus, Vera.

Não havia solidão depois que ela partiu, não havia como escapar àquele estranho odor. Deitei-me e até Camilla, que era um travesseiro com um gorro para uma cabeça, parecia tão distante e eu não podia trazê-la de volta. Lentamente senti-me cheio de desejo e tristeza, você podia tê-la possuído, seu idiota, podia ter feito o que quisesse, como Camilla, e não fez nada. Através da noite, ela retalhou o meu sono. Eu acordava para respirar o ar doce e denso que deixara atrás de si e tocar os móveis que havia tocado e pensar na poesia que recitara. Quando peguei no sono, não tinha nenhuma lembrança daquilo, pois quando acordei eram dez da manhã e ainda estava cansado, farejando o ar e pensando com inquietação no que tinha acontecido. Eu podia ter dito tantas coisas para ela e ela podia ter sido tão boa. Eu podia ter dito, veja, Vera, a situação é esta, isto e aquilo aconteceu e se você pudesse fazer isto e aquilo talvez não acontecesse de novo, porque tal pessoa pensa tais coisas de mim e isto precisa parar; vou morrer tentando, mas precisa parar.

Fico sentado o dia inteiro pensando naquilo; e penso em alguns outros italianos, Casanova e Cellini, e então penso em Arturo Bandini e tenho de me socar na cabeça. Começo a pensar em Long Beach e digo a mim mesmo que talvez devesse visitar o lugar e talvez visitar Vera, conversar com ela a respeito de um grande problema. Penso naquele local cadavérico, a ferida no corpo, e tento encontrar palavras para ela que caibam numa página de um manuscrito. Então digo a mim mesmo que Vera, apesar de todas as suas falhas, poderia realizar um milagre, e depois que o milagre fosse realizado, um novo Arturo Bandini enfrentaria o mundo e Camilla Lopez, um Bandini com dinamite no corpo e fogo vulcânico nos olhos, que chega a esta Camilla Lopez e diz: "Escute, garota, fui muito paciente com você, mas já não aguento mais sua petulância e quer fazer a gentileza de ir tirando as roupas." Estas divagações me agradam enquanto estou deitado e as observo se desdobrarem no teto.

[111]

Uma tarde, digo à Sra. Hargraves que vou passar um dia fora, em Long Beach, tratar de uns negócios, e dou a partida. Tenho o endereço de Vera no bolso e digo a mim mesmo: "Bandini, prepare-se para a grande aventura; deixe o espírito de conquista tomar conta de você". Na esquina, encontro Hellfrick, cuja boca está salivando por mais carne. Dou-lhe algum dinheiro e ele sai correndo para um açougue. Sigo então para a estação e pego uma condução para Long Beach.

CAPÍTULO DOZE

O nome na caixa de correio era Vera Rivken, seu nome completo. Ficava em Long Beach Pike, do outro lado da rua da roda-gigante e da montanha-russa. No andar de baixo, um salão de bilhar, em cima alguns apartamentos de solteiro. Não havia erro naquele lance de escadas; possuía o seu odor. O corrimão estava frouxo e empenado, a tinta da parede inchada com lugares que se descascavam quando eu os tocava com o dedo.

Quando bati, ela abriu a porta.

— Tão cedo? — disse.

Tome-a nos braços, Bandini. Não faça careta ao beijar, afaste-se suavemente, com um sorriso, diga algo.

— Você está maravilhosa — eu disse.

Nenhuma chance de falar. Ela saltou sobre mim, agarrando-me como uma trepadeira molhada, sua língua como a cabeça de uma cobra assustada buscando minha boca. Oh, grande amante italiano Bandini, retribua! Oh, garota judia, se você fosse tão boa, se abordasse essas questões mais lentamente! De repente, eu estava livre de novo, caminhando até a janela, dizendo algo sobre o mar e a vista.

— Bela paisagem — falei. Mas ela estava tirando meu casaco, levando-me para uma cadeira num canto, tirando meus sapatos.

— Fique à vontade — disse. E saiu.

Fiquei sentado com os dentes cerrados, olhando para um quarto como dez milhões de quartos da Califórnia, um pouco de madeira aqui, um pouco de pano ali, os móveis, com teias de aranha no teto e poeira nos cantos, seu quarto e o quarto de todo mundo, Los Angeles, Long Beach, San Diego, algumas placas de gesso e estuque para manter o sol do lado de fora.

Estava num pequeno buraco chamado cozinha, espalhando frigideiras e tilintando copos, e fiquei sentado pensando como ela podia ser uma coisa quando eu estava sozinho no meu quarto e outra coisa diferente no momento em que eu estava com ela. Procurei por incenso, aquele cheiro de sacarina tinha de vir de algum lugar, mas não havia nenhum queimador de incenso na sala, nada na sala além de móveis azuis sujos e estofados em excesso, uma mesa com alguns livros espalhados e um espelho sobre o tampo de madeira da cama dobrável encaixada na parede. Saiu da cozinha com um copo de leite na mão.

— Tome — ofereceu. — Uma bebida gelada.

Mas não estava nada gelada, estava quase quente, e havia uma espuma amarelada por cima, e ao tomar um gole senti seus lábios e as coisas fortes que comia, um gosto de pão de centeio e queijo camembert.

— Que bom — falei. — Delicioso.

Sentou-se aos meus pés, suas mãos nos meus joelhos, olhando-me com olhos famintos, olhos tremendos, tão grandes que eu poderia me perder neles. Estava vestida como a vi da primeira vez, com as mesmas roupas, e o quarto era tão desolado que eu sabia que ela não tinha outras, mas eu viera antes que tivesse uma chance de colocar pó ou batom e via a escultura da idade debaixo de seus olhos e nas faces. Perguntei-me como não percebera essas coisas naquela noite e depois me lembrei de que não as deixara de perceber, as vira mesmo através do batom e do pó, mas, nos dois dias de devaneios e sonhos com ela, tais coisas haviam se escondido e agora eu estava aqui e sabia que não devia ter vindo.

Conversamos, ela e eu. Perguntou sobre o meu trabalho e era um pretexto, não estava interessada nisto. E quando respondi era um pretexto. Eu também não estava interessado no meu trabalho. Só havia uma coisa que nos interessava, e ela sabia, pois eu deixara claro com a minha vinda.

Mas onde estavam as palavras, onde estavam aquelas pequenas luxúrias que trouxera comigo? E onde estavam aqueles devaneios e onde estava o meu desejo e o que acontecera com a minha coragem e por que eu ficava sentado rindo tão alto de coisas que não eram engraçadas? Vamos lá, Bandini, encontre o desejo do seu coração, consuma a sua paixão do modo como ensinam os livros. Duas pessoas num quarto; uma delas uma mulher; a outra, Arturo Bandini, que não é nem peixe, nem ave, nem um bom arenque vermelho.

Outro longo silêncio, a cabeça da mulher no meu colo, meus dedos brincando no ninho escuro, separando mechas de cabelos grisalhos. Acorde, Arturo! Camilla Lopez devia ver você agora, ela com os grandes olhos negros, seu verdadeiro amor, sua princesa maia. Oh, Jesus, Arturo, você é maravilhoso! Talvez tenha escrito *O cachorrinho riu*, mas nunca escreverá as Memórias de Casanova. Que está fazendo, sentado aqui? Sonhando com uma grande obra-prima? Ora, seu idiota, Bandini!

Ela ergueu os olhos para mim, viu-me ali de olhos fechados e não sabia dos meus pensamentos. Mas talvez soubesse. Talvez por isso disse:

— Está cansado. Devia tirar um cochilo.

Talvez por isso ela tenha desdobrado a cama e insistido para que eu me deitasse, com ela ao meu lado, a cabeça nos meus braços. Talvez, estudando meu rosto, por isso perguntasse:

— Está apaixonado por outra pessoa?

— Sim, estou apaixonado por uma garota em Los Angeles — eu disse.

Ela tocou no meu rosto.

— Eu sei — disse. — Eu entendo.

— Não, não entende.

E então eu queria dizer-lhe por que viera, estava bem na ponta da língua, pronto para ser dito, e brinquei com a ideia de lhe contar. Eu disse:

— Tem algo que quero lhe contar. Talvez você me ajude a desabafar.

Mas não fui muito além disso. Não, eu não podia dizer a ela; mas fiquei deitado ali esperando que ela descobrisse por si mesma, e quando ela continuava a perguntar o que me aborrecia, eu sabia que ela estava conduzindo mal a coisa e sacudi a cabeça e fiz caras impacientes.

— Não fale sobre isto — eu disse. — É uma coisa que não posso lhe contar.

— Fale-me dela — disse.

Eu não podia fazer aquilo, estar com uma mulher e falar das maravilhas de outra. Talvez por isso ela tenha perguntado:

— Ela é bonita?

Respondi que era. Talvez por isso tenha perguntado:

— Ela ama você?

Eu disse que ela não me amava. Então meu coração subiu à garganta, porque ela estava chegando cada vez mais perto do que eu queria que me perguntasse e esperei, enquanto acariciava minha testa.

— E por que ela não o ama?

Pronto. Eu poderia ter respondido e tudo teria ficado claro, mas falei:

— Ela simplesmente não me ama, é tudo.

— É porque ela ama outra pessoa?

— Não sei. Talvez.

Talvez isto e talvez aquilo, perguntas, perguntas, mulher sábia e ferida, tateando no escuro, procurando pela paixão de Arturo Bandini, um jogo de quente e frio, com Bandini ansioso para se entregar.

— Como ela se chama?

— Camilla — eu disse.

Ela sentou-se na cama, tocou minha boca.

— Estou tão sozinha — disse. — Finja que sou ela.

— Sim — eu disse. — É isto mesmo. Este é o seu nome. Camilla.

Abri meus braços e ela afundou no meu peito.

— Meu nome é Camilla — disse.

— Você é bonita — falei. — É uma princesa maia.

— Sou a princesa Camilla.

— Toda esta terra e todo este mar lhe pertencem. Toda a Califórnia. Não existe Califórnia, nem Los Angeles, nada de ruas poeirentas, hotéis baratos, jornais fedorentos, pessoas quebradas e desenraizadas do leste, bulevares elegantes. Esta é a sua bela terra com o deserto, as montanhas e o mar. Você é uma princesa e reina sobre tudo.

— Sou a princesa Camilla — ela soluçou. — Não existem americanos e não existe Califórnia. Só desertos, montanha e mar, e eu reino sobre tudo.

— Então eu chego.

— Então você chega.

— Sou eu mesmo. Sou Arturo Bandini. Sou o maior escritor que já houve no mundo.

— Ah, sim — ela engasgou. — Claro! Arturo Bandini, o gênio da terra.

Enterrou o rosto no meu ombro e deixou suas lágrimas quentes escorrerem por meu pescoço. Eu a apertei mais junto a mim.

— Beije-me, Arturo.

Mas não a beijei. Não tinha terminado. Tinha de ser à minha maneira ou nada feito.

— Sou um conquistador — falei. — Sou como Cortez, só que sou italiano.

Eu sentia agora. Era real e satisfatório e a alegria irrompeu em mim, o céu azul através da janela era um teto e todo o mundo vivente era uma coisa pequena na palma da minha mão. Estremeci de deleite.

— Camilla, eu a amo tanto!

Não havia cicatrizes nem carne ressequida. Ela era Camilla, completa e adorável. Pertencia a mim e o mundo também. E fiquei contente com suas lágrimas, elas me empolgavam e me animavam e eu a possuí. Então dormi, serenamente cansado, lembrando vagamente através da névoa de torpor que ela soluçava, mas não me importei. Não era mais Camilla. Era Vera Rivken e eu estava no seu apartamento, e me levantaria e sairia assim que dormisse um pouco.

Ela havia partido quando acordei. O quarto estava eloquente com a sua partida. Uma janela aberta, cortinas balançando suavemente. Uma porta de armário aberta, um cabide de casaco na maçaneta. O copo de leite pela metade onde eu o deixara, no braço da cadeira. Pequenas coisas acusando Arturo Bandini, mas meus olhos estavam plácidos depois do sono e eu estava ansioso para ir e nunca mais voltar. Na rua, havia música de um carrossel. Fiquei parado junto à janela. Lá embaixo, duas mulheres passaram e olhei do alto para suas cabeças.

Antes de sair, fiquei parado na porta e dei uma última olhada no quarto. Lembre bem, pois este era o lugar. Aqui também História fora feita. Eu ri. Arturo Bandini, sujeito suave, sofisticado; deviam ouvi-lo falando de mulheres. Mas o quarto parecia pobre, implorando por calor e alegria. O quarto de Vera Rivken. Ela fora gentil para com Arturo Bandini e era pobre.

[118]

Peguei o pequeno maço de notas no bolso, puxei duas de um dólar e coloquei-as na mesa. Desci então as escadas, os pulmões cheios de ar, exultante, meus músculos muito mais fortes do que antes.

Mas havia um toque sombrio no fundo do meu pensamento. Caminhei pela rua, passando pela roda-gigante e por concessões do parque cobertas de lona, e aquilo pareceu mais acentuado; alguma perturbação da paz, algo vago e inominável infiltrando-se em minha mente. Num quiosque de hambúrguer, parei e pedi café. Qual era o problema? Senti meu pulso. Estava bom. Soprei o café e bebi: bom café. Procurei, senti os dedos da mente tateando, mas não chegando a tocar no que estava lá me aborrecendo. Então me dei conta, como um choque e um trovão, como morte e destruição. Levantei-me do balcão e parti tomado de medo, caminhando rápido pelo passeio de tábuas, passando por pessoas que pareciam estranhas e espectrais: o mundo parecia um mito, um plano transparente, e todas as coisas sobre ele estavam aqui apenas por pouco tempo; todos nós, Bandini e Hackmuth, Camilla e Vera, todos estávamos aqui por pouco tempo e então estávamos em outro lugar; não estávamos vivos de verdade, estávamos próximos da vida, mas nunca a concretizávamos. Vamos morrer. Todo mundo ia morrer. Até você, Arturo, até você iria morrer.

Eu soube o que tomara conta de mim. Foi uma grande cruz branca apontando para o meu cérebro e me dizendo que eu era um homem estúpido, porque ia morrer e nada havia que pudesse fazer a respeito. *Mea culpa, mea culpa, mea maxima culpa.* Um pecado mortal, Arturo. Não cometerás adultério. Lá estava, persistente até o fim, assegurando-me de que não havia saída para o que eu fizera. Eu era um católico. Aquilo era um pecado mortal contra Vera Rivken.

No fim da fileira de barracas, a areia da praia começou. Além, estavam as dunas. Caminhei afundando os pés na areia até um lugar onde as dunas escondiam o passeio de tábuas. Aquilo requeria alguma meditação. Não me ajoelhei; sentei-me e observei as ondas comendo a praia. Isto é mau, Arturo. Você leu Nietzsche, você leu Voltaire, deveria saber. Mas o raciocínio não ajudava. Eu podia me livrar daquilo por meio do raciocínio, mas não era o meu sangue. Era o meu sangue que me mantinha vivo, era o meu sangue que corria por meu corpo, dizendo-me que aquilo era errado. Fiquei sentado ali e entreguei-me ao meu sangue, deixei que me levasse nadando até o mar profundo dos meus primórdios. Vera Rivken, Arturo Bandini. Não era para ser assim: nunca fora para ser assim. Eu estava errado. Cometera um pecado mortal. Podia equacioná-lo matemática, filosófica, psicologicamente: podia prová-lo por uma dúzia de maneiras, mas estava errado, pois não havia como negar o ritmo quente e compassado da minha culpa.

Doente na alma, tentei encarar a provação de buscar perdão. Mas de quem? De que Deus, de que Cristo? Eram mitos em que eu certa vez acreditara e agora eram crenças que eu considerava mitos. Este é o mar, e este é Arturo, e o mar é real e Arturo o considera real. Então me afasto do mar e, por toda parte onde olho, vejo terra; sigo caminhando e a terra vai se estendendo até o horizonte. Um ano, cinco anos, dez anos e não vi o mar. Digo a mim mesmo, mas o que aconteceu ao mar? E respondo: o mar está ali de volta, de volta no reservatório da memória. O mar é um mito. Nunca houve um mar. Mas havia um mar! Eu lhes digo que nasci à beira-mar! Banhei-me nas águas do mar! Deu-me alimento e deu-me paz e suas fascinantes distâncias alimentaram meus sonhos! Não, Arturo, nunca houve um mar. Você sonha e deseja, mas atravessa a terra desolada. Nunca verá o mar de novo. Era um mito em que certa vez acreditou. Mas tenho de sorrir, porque o sal do mar está no meu sangue e podem existir dez mil estradas sobre a terra, mas nunca irão me confundir, pois o sangue do meu coração sempre voltará para a bela fonte.

Então o que devo fazer? Devo erguer a boca ao céu, trope-çando e balbuciando com uma língua temerosa? Devo abrir o peito e bater nele como num tambor, buscando a atenção do meu Cristo? Ou não será melhor e mais sensato que me cubra e siga em frente? Haverá confusões e haverá fome; haverá so-lidão com apenas minhas lágrimas como pequenos pássaros confortadores, rolando para suavizar meus lábios secos. Mas haverá também consolação e haverá também beleza como o amor de uma garota morta. Haverá algum riso, um riso conti-do, e quieta espera na noite, um medo macio da noite como o beijo pródigo e mordaz da morte. Então haverá noite e os doces óleos das praias do meu mar, derramados sobre meus sentidos pelos capitães que desertei na sonhadora impetuosidade da minha juventude. Mas serei perdoado por isto, e por outras coisas, por Vera Rivken e pelo incessante bater das asas de Voltaire, por parar para ouvir e observar aquele fascinante pássaro, para todas as coisas haverá perdão quando eu retornar à minha terra natal pelo mar.

Levantei-me e me arrastei pela areia fofa até o passeio de tábuas. Estava no auge do entardecer, o sol uma bola vermelha desafiadora enquanto afundava além do mar. Havia algo irres-pirável no céu, uma estranha tensão. Longe, ao sul, gaivotas ma-rinhas numa massa negra voando baixo pela costa. Parei para tirar areia dos sapatos, apoiando-me numa perna enquanto me encostava num banco de pedra.

Subitamente ouvi um ronco surdo e então um rugido.

O banco de pedra afastou-se de mim e caiu na areia. Olhei para a fileira de barracas; estavam sacudindo e desmantelando-se. Olhei além para a silhueta dos edifícios de Long Beach; os altos prédios oscilavam. Debaixo de mim, a areia cedeu; cam-baleei, encontrei um piso mais firme. Aconteceu de novo.

Era um terremoto.

Ouvi gritos. Então poeira. Então desmoronamento e estrondo. Comecei a girar sobre mim mesmo e em círculo. Eu fizera aquilo. Eu fizera aquilo. Fiquei parado com a boca aberta, paralisado, olhando ao meu redor. Corri alguns passos em direção do mar. Corri de volta então.

Você fez isto, Arturo. Esta é a ira de Deus. Você fez isto.

O ronco surdo continuou. Como um tapete sobre óleo, o mar e a terra balançaram. Poeira subiu. Em algum lugar, ouvi um fragor de destroços. Ouvi gritos, depois uma sirene. Pessoas correndo porta afora. Grandes nuvens de poeira.

Você fez isto, Arturo. Lá em cima, naquele quarto, naquela cama, você fez isto.

Agora os postes estavam caindo. Edifícios rachavam como biscoitos triturados. Gritos, homens gritando, mulheres gritando. Centenas de pessoas fugindo dos edifícios, correndo para longe do perigo. Uma mulher deitada na calçada, batendo nela. Um menininho chorando. Vidro se estilhaçando e partindo no chão. Alarmes de incêndio. Sirenes. Buzinas. Loucura.

O grande tremor tinha passado. Havia outros tremores. No fundo da terra, o ronco continuava. Chaminés desabavam, tijolos caíam e uma poeira cinzenta cobria tudo. Ainda os tremores. Homens e mulheres correndo para um terreno baldio distante dos edifícios.

Corri até lá. Uma velha senhora chorava entre os rostos lívidos. Dois homens carregando um corpo. Um cachorro velho rastejando sobre a barriga, arrastando as patas traseiras. Vários corpos num canto do terreno, ao lado de um galpão, cobertos por lençóis empapados de sangue. Uma ambulância. Duas colegiais, abraçadas, rindo. Olhei para a rua. As fachadas dos edifícios tinham ruído. Camas pendiam das paredes. Banheiros estavam expostos. A rua estava empilhada com um metro de destroços. Homens bradavam ordens. Cada tremor trazia mais escombros rolando. Eles saltavam de lado, esperavam, depois mergulhavam de novo nas ruínas.

Eu tinha de ir embora. Caminhei até o galpão, a terra tremendo sob os meus pés. Abri a porta do galpão e quase desmaiei. Lá dentro havia corpos enfileirados, cobertos por lençóis, atravessados pelo sangue que escorria. Sangue e morte. Saí e me sentei. Ainda os tremores, um após o outro.

Onde estava Vera Rivken? Levantei-me e subi a rua onde ela morava. Fora fechada com um cordão de isolamento. Fuzileiros com baionetas patrulhavam a área interditada. No final da rua, vi o prédio onde Vera morava. Pendendo da parede, como um homem crucificado, estava a cama. O chão havia cedido e só uma parede estava de pé. Caminhei de volta ao terreno baldio. Alguém acendera uma fogueira no meio do terreno. Rostos avermelhados pelo fogo. Estudei-os, não encontrei nenhum conhecido. Não encontrei Vera Rivken. Um grupo de homens conversava. O alto de barba disse que era o fim do mundo; ele o previra uma semana antes. Uma mulher com os cabelos cheios de poeira entrou no grupo.

— Charlie morreu — disse ela. Começou a uivar. — O pobre do Charlie morreu. Não devíamos ter vindo! Eu lhe disse que não devíamos ter vindo.

Um velho a segurou pelos ombros e girou-a.

— Que diabo está dizendo? — perguntou. Ela desmaiou nos seus braços.

Saí e sentei-me no meio-fio. Arrependa-se, arrependa-se antes que seja tarde demais. Eu disse uma prece, mas era pó na minha boca. Nada de preces. Mas haveria algumas mudanças na minha vida. Haveria decência e gentileza a partir de agora. Este era o momento da virada. Isto era para mim, uma advertência para Arturo Bandini.

Em volta da fogueira, as pessoas cantavam hinos. Formavam um círculo, uma mulher imensa as liderando. Ergam os olhos

[123]

para Jesus, pois Jesus está chegando em breve. Todo mundo cantava. Um garoto, com um monograma no suéter, me deu um livro de hinos. Aproximei-me. A mulher no círculo levantou os braços com um fervor selvagem e a canção rolou com a fumaça para o céu. Os tremores continuavam. Afastei-me. Jesus, esses protestantes! Na minha igreja, não cantamos hinos baratos. Conosco era Handel e Palestrina.

Estava escuro agora. Algumas estrelas apareceram. Os tremores eram intermináveis, a cada poucos segundos. Um vento elevou-se do mar e esfriou. As pessoas se juntaram em grupos. De toda parte, ouviam-se sirenes. Acima, aeroplanos roncavam e destacamentos de marinheiros e fuzileiros eram despejados pelas ruas. Padioleiros corriam para dentro de edifícios destruídos. Duas ambulâncias entraram de ré no galpão. Levantei-me e fui embora. A Cruz Vermelha entrara em ação. Havia um quartel-general num canto do terreno. Distribuíam grandes canecas de lata de café. Entrei na fila. O homem à minha frente falava:

— Foi pior em Los Angeles — disse. — Milhares de mortos.

Milhares. Aquilo significava Camilla. O Columbia Buffet seria o primeiro a desmoronar. Era tão velho, as paredes de tijolos tão rachadas e fracas. Claro, estava morta. Trabalhava das quatro até as onze. Fora apanhada no meio da coisa. Estava morta e eu estava vivo. Bom. Eu a imaginava morta: ficaria deitada deste modo; seus olhos fechados assim, suas mãos entrelaçadas assim. Estava morta e eu estava vivo. Não nos entendíamos, mas fora boa para mim à sua maneira. Eu me lembraria dela por muito tempo. Era provavelmente o único homem na Terra que se lembraria dela. Podia pensar em tantas coisas encantadoras a seu respeito; seus *huaraches*, a vergonha da sua gente, seu absurdo fordeco.

Todo tipo de rumor circulava pelo terreno. Um maremoto estava a caminho. Um maremoto não estava a caminho. Toda a Califórnia fora atingida. Só Long Beach fora atingida.

Los Angeles era um montão de ruínas. Não haviam sentido em Los Angeles. Alguns diziam que os mortos chegavam a cinquenta mil. Era o pior terremoto desde o de San Francisco. Este fora bem pior que o terremoto de San Francisco. Mas, apesar de tudo, todo mundo se comportara bem. Todo mundo estava assustado, mas não havia pânico. Aqui e ali as pessoas sorriam. Estavam muito longe de sua terra natal, mas traziam sua coragem. Eram pessoas resistentes. Não tinham medo de nada.

Os fuzileiros instalaram um rádio no meio do terreno, com grandes alto-falantes bocejando para a multidão. As notícias chegavam constantemente, delineando a catástrofe. A voz profunda bradava instruções. Era a lei e todo mundo a aceitava com satisfação. Ninguém devia entrar em Long Beach ou sair até novas instruções. A cidade estava sob lei marcial. Não ia haver um maremoto. O perigo estava definitivamente superado. As pessoas não deviam se alarmar com os tremores, que eram esperados, agora que a terra estava se acomodando de novo.

A Cruz Vermelha distribuiu cobertores, comida e muito café. A noite toda ficamos sentados ao redor dos alto-falantes, ouvindo as notícias. Veio então o comunicado de que os danos em Los Angeles foram insignificantes. Uma longa lista de mortos foi transmitida. Mas não havia nenhuma Camilla Lopez na lista. A noite toda engoli café e fumei cigarros, ouvindo os nomes dos mortos. Não havia nenhuma Camilla, sequer um Lopez.

CAPÍTULO TREZE

Voltei para Los Angeles no dia seguinte. A cidade era a mesma, mas eu tinha medo. As ruas ocultavam perigo. Os edifícios altos formando cânions negros eram armadilhas para matar quando a terra tremesse. O pavimento podia abrir-se. Os bondes podiam capotar. Algo havia acontecido com Arturo Bandini. Caminhava pelas ruas com edifícios de um andar. Ficava rente ao meio-fio, longe dos anúncios de néon pendurados. Aquilo estava dentro de mim, profundamente. Não podia me livrar. Via homens circulando por vielas escuras e fundas. Maravilhava-me com a sua loucura. Atravessei a Hill Street e respirei mais tranquilo quando entrei em Pershing Square. Não havia edifícios altos na praça. A terra podia tremer, mas nenhum destroço o esmagaria.

Sentei-me na praça, fumei cigarros e senti o suor escorrendo pelas palmas das mãos. O Columbia Buffet ficava a cinco quarteirões de distância. Sabia que não iria até lá. Em algum lugar dentro de mim houvera uma mudança. Eu era um covarde. Disse em voz alta a mim mesmo: você é um covarde. Não me importava. Melhor ser um covarde vivo do que um maluco morto. Essas pessoas entrando e saindo de imensos edifícios de concreto... alguém devia adverti-las. Viria de novo; tinha de vir de novo, outro terremoto para arrasar a cidade e destruí-la para sempre.

Aconteceria a qualquer momento. Mataria uma porção de pessoas, mas não eu. Porque ia ficar longe dessas ruas e longe dos destroços que caíssem.

Caminhei até o meu hotel em Bunker Hill. Estudei cada edifício. Os prédios de vigamento de madeira podiam suportar um terremoto. Simplesmente balançavam e se contorciam, mas não desmoronavam. Mas cuidado com os prédios de alvenaria. Aqui e ali havia sinais do terremoto; uma parede de tijolos caída, uma chaminé desmoronada. Los Angeles estava condenada. Era uma cidade amaldiçoada. Este terremoto particular não a havia destruído, porém mais dia, menos dia, outro a arrasaria completamente. Não iam me pegar, nunca me pegariam dentro de um edifício de tijolos. Eu era um covarde, mas isto era problema meu. Certo, sou um covarde, mas sejam corajosos, seus lunáticos, vão em frente, sejam corajosos e caminhem debaixo desses grandes edifícios. Eles os matarão. Hoje, amanhã, semana que vem, ano que vem, mas os matarão e não me matarão.

E agora ouçam o homem que esteve no terremoto. Sentei-me na varanda do Alta Loma Hotel e contei-lhes a respeito. Eu vi acontecer. Vi os mortos serem carregados. Vi o sangue e os feridos. Estava num edifício de seis andares, dormindo profundamente, quando aconteceu. Investi pelo corredor até o elevador. Estava parado. Uma mulher saiu de um dos escritórios e foi atingida na cabeça por uma viga de aço. Voltei penosamente através das ruínas e cheguei até ela. Coloquei-a sobre meus ombros, eram seis andares até o térreo, mas consegui. Fiquei a noite toda com os socorristas, afundado até os joelhos no sangue e na miséria. Resgatei uma velha senhora cuja mão saía dos destroços como uma peça de estátua. Lancei-me através de uma porta em chamas para salvar uma garota inconsciente na banheira. Fiz curativos nos feridos, liderei batalhões de salvadores ruínas adentro, abri caminho até os mortos e os agonizantes. Claro que estava amedrontado, mas aquilo precisava ser feito. Era uma crise, exigindo ação e não palavras. Vi a terra se abrir como uma boca imensa, depois se fechar sobre o pavimento da rua. Um velho foi agarrado pelo pé. Corri até ele, disse que aguentasse enquanto eu atacava o pavimento com um machado de bombeiro. Mas era tarde demais. A fenda se apertou, mordeu-lhe a perna na altura do joelho, eu o carreguei dali. Seu joelho ainda está lá, um *souvenir* sangrento destacando-se da terra. Vi aquilo acontecer e foi terrível. Talvez acreditassem em mim, talvez não.

Desci até o meu quarto e procurei rachaduras na parede. Inspecionei o quarto de Hellfrick. Estava debruçado sobre seu fogão, fritando um hambúrguer. Eu vi acontecer, Hellfrick. Estava no ponto mais alto da montanha-russa quando o terremoto chegou. A montanha-russa tremeu nas bases. Tivemos que descer escalando. Uma garota e eu. Uns cinquenta metros até o chão e uma garota nas minhas costas e a estrutura sacudindo como na dança de são guido. Apesar de tudo, consegui. Vi uma garotinha enterrada nos destroços com os pés para fora. Vi uma mulher presa debaixo do carro, morta e esmagada, mas estendendo a mão para sinalizar que ia virar à direita. Vi três homens mortos numa mesa de pôquer. Hellfrick assobiava: verdade? Verdade? Que pena, que pena. E será que eu podia lhe emprestar cinquenta centavos? Dei-lhe o dinheiro e inspecionei suas paredes em busca de rachaduras. Percorri os corredores, a garagem e a lavanderia. Havia sinais do choque, não sérios, mas indicativos da calamidade que inevitavelmente destruiria Los Angeles. Não dormi no meu quarto aquela noite. Não com a terra ainda tremendo. Eu não, Hellfrick. E Hellfrick olhou para a encosta, onde eu estava deitado, embrulhado em cobertores. Eu era maluco, disse Hellfrick. Mas Hellfrick lembrou-se de que eu estava lhe emprestando dinheiro, então talvez não fosse maluco. Talvez você tenha razão, Hellfrick disse. Apagou a luz e ouvi seu corpo fino deitar-se na cama.

O mundo era pó e ao pó voltaria. Comecei a ir à missa de manhã. Fui à confissão. Recebi a sagrada comunhão. Escolhi uma pequena igreja de madeira, atarracada e sólida, perto do bairro mexicano. Lá eu rezava. O novo Bandini. Ah, vida! Oh, tu, agridoce tragédia, oh, tu, deslumbrante rameira que me levas à destruição! Deixei os cigarros por alguns dias. Comprei um rosário novo. Despejei níqueis e vinténs na caixa de esmolas. Compadeci-me do mundo.

Querida mãe lá em casa, no Colorado. Ah, doce figura, tão parecida com a Virgem Maria. Só me restavam dez dólares, mas eu lhe mandei cinco, o primeiro dinheiro que cheguei a mandar para casa. Reze por mim, mãe querida. A vigília dos seus rosários é o que faz meu sangue circular. Vivemos dias obscuros, mãe. O mundo está tão cheio de feiura. Mas eu mudei e a vida começou de novo. Ah, mãe, fique comigo nessas misérias! Mas devo apressar-me a encerrar esta epístola, oh, bem-amada mãe querida, pois estou fazendo uma novena por estes dias e cada tarde, às cinco horas, eu me encontro prostrado diante da figura de Nosso Abençoado Salvador, enquanto ofereço preces à Sua doce Misericórdia. Adeus, ó, mãe! Atenda meu apelo em suas aspirações. Lembre-me a Ele que tudo dá e brilha nos céus.

Rumo ao correio com a carta de minha mãe, coloco-a na caixa de coleta e desço a Olive Street, onde não há edifícios de tijolos, e depois atravesso um terreno baldio e desço por outra rua despida de edifícios até uma rua onde apenas uma cerca baixa marcava o lugar, e então um quarteirão em que prédios altos se elevavam ao céu; não havia como escapar daquele quarteirão, a não ser caminhando do outro lado da rua dos edifícios altos, caminhando muito rápido, às vezes correndo. E, no final da rua, estava a igrejinha e lá eu rezava, fazendo minha novena.

Uma hora depois, saí, refrescado, revigorado, o ânimo elevado. Pego o mesmo caminho para casa, passo correndo pelos edifícios altos, passeio pela cerca, demoro-me no terreno baldio, observando o artesanato de Deus numa fileira de palmeiras perto da viela. Subo então a Olive Street, passando pelas monótonas casas de madeira. Que bem faz a um homem se ele ganha o mundo inteiro, mas sofre a perda de sua própria alma? E então aquele pequeno poema: Tome todos os prazeres de todas as esferas, multiplique-os por anos intermináveis, um minuto de céu vale todos eles. Quão verdadeiro! Quão verdadeiro! Eu lhe agradeço, oh luz celestial, por indicar-me o caminho.

Uma batida na janela. Alguém estava batendo na janela daquela casa obscurecida por densas trepadeiras. Virei-me e localizei a janela, vi uma cabeça; o brilho dos dentes, os cabelos negros, aquele olhar de soslaio, os longos dedos gesticulando. Que trovão era aquele na minha barriga? E como impedir aquela paralisia do pensamento e aquela inundação de sangue tornando meus sentidos reais? Mas eu quero isto! Vou morrer sem isto! Por isso vou chegar a você, mulher na janela; você me fascina, você me mata de deleite, tremor e alegria, e aqui vou eu subindo estas escadas vacilantes.

E daí, de que vale o arrependimento, e que lhe importa a bondade, e se por acaso você morresse num terremoto, quem se importaria com isto? Caminhei então para o centro da cidade, aqui estavam aqueles edifícios altos, deixe o terremoto vir, deixe que enterre a mim e aos meus pecados, quem vai se importar? Imprestável para Deus e para o homem, morra de um jeito ou de outro, num terremoto ou enforcado, não importa por que, quando ou como.

E então, como num sonho, veio a mim. Do meu desespero me veio — uma ideia, minha primeira ideia sólida, a primeira em toda a vida, encorpada, limpa e forte, linha após linha, página após página. Uma história sobre Vera Rivken.

Tentei e a coisa andou com facilidade. Mas eu não estava pensando, não havia cogitação. A coisa simplesmente se movia sozinha, esguichava como sangue. Era isto. Finalmente eu conseguira. Lá vou eu, deixem eu me soltar, oh, como adoro isto, ó, Deus, eu o amo tanto, você e Camilla e você e você. Aqui vou eu e é tão bom, tão doce, quente e macio, delicioso e delirante. Subindo o rio e sobre o mar, isto é você e isto sou eu, grandes palavras gordas, pequenas palavras gordas, grandes palavras magras, uii uii uii.

Uma coisa ofegante, frenética, interminável, vai ser algo bem grande. Continuando e continuando, martelei durante horas até que gradualmente me pegou na carne, tomou conta de mim, assombrou meus ossos, escorreu de mim, enfraqueceu-me, cegou-me. Camilla! Eu tinha de possuir aquela Camilla! Levantei-me e saí do hotel e desci Bunker Hill até o Columbia Buffet.

— De novo?

Como uma película sobre meus olhos, como uma teia de aranha me cobrindo.

— Por que não?

Arturo Bandini, autor de *O cachorrinho riu* e de um certo plágio de Ernest Dowson e de um certo telegrama propondo casamento. Podia ver risada nos olhos dela? Esqueça e lembre-se da carne escura debaixo do seu guarda-pó. Bebi cerveja e observei-a trabalhando. Sorri com sarcasmo quando ela riu com aqueles homens perto do piano. Dei um risinho abafado quando um deles colocou a mão no quadril dela. Esta mexicana! Lixo, eu lhe digo! Fiz um sinal para ela. Não se apressou, veio quinze minutos depois. Seja gentil com ela, Arturo. Finja.

— Deseja mais alguma coisa?

— Como vai, Camilla?

[132]

— Bem, eu acho.

— Gostaria de vê-la depois do trabalho.

— Tenho outro compromisso.

— Não poderia adiá-lo, Camilla? É muito importante que eu fale com você — eu disse, gentilmente.

— Lamento.

— Por favor, Camilla. Só esta noite. É tão importante.

— Não posso, Arturo. Realmente, não posso.

— Vai se encontrar comigo — falei.

Ela se afastou. Empurrei a cadeira para trás. Apontei o dedo para ela e gritei:

— Vai se encontrar comigo! Sua insolente empregadinha de cervejaria! Vai se encontrar comigo!

Com toda a certeza, ela teria de se encontrar comigo. Porque eu ia esperar. Porque caminhei até o estacionamento e me sentei no estribo do seu carro e esperei. Porque não era tão boa assim que pudesse recusar um encontro com Arturo Bandini. Porque, por Deus, eu odiava o seu atrevimento.

Então ela chegou ao estacionamento e Sammy, o *barman*, estava com ela. Parou quando me viu levantar. Colocou a mão no braço de Sammy, retendo-o. Sussurraram. Então ia haver uma briga. Ótimo. Venha logo, seu estúpido espantalho de um *barman*, ouse só investir contra mim que vou parti-lo em dois. E fiquei parado ali com os dois punhos alertas e à espera. Aproximaram-se. Sammy não falou. Passou ao largo de mim e entrou no carro. Fiquei de pé ao lado do assento do motorista. Camilla olhou direto para a frente, abriu a porta do carro. Sacudi a cabeça.

— Você vem comigo, mexicana.

Agarrei-a pelo pulso.

— Solte-me! — disse. — Tire as mãos sujas de mim!

— Você vem comigo.

Sammy inclinou-se.

— Talvez ela não esteja com vontade, garoto.

Eu a segurava com a mão direita. Ergui o punho esquerdo e o empurrei contra o rosto de Sammy.

— Escute aqui — falei. — Não gosto de você. Portanto feche esta matraca.

— Seja sensato — ele disse. — Por que vai querer se queimar por uma dona?

— Ela vai comigo.

— Eu não vou com você!

Ela tentou passar. Agarrei seus braços e a joguei como uma dançarina. Ela partiu girando pelo estacionamento, mas não caiu. Gritou, xingou-me. Peguei-a nos braços e a imobilizei com os cotovelos para baixo. Ela chutou e tentou arranhar minhas pernas. Sammy observava com revolta. Claro que eu era revoltante, mas a parada era minha. Ela gritou e lutou, mas nada podia fazer, as pernas balançando no ar, os braços presos. Cansou-se então e eu a soltei. Ajeitou o vestido, os dentes rilhando de ódio.

— Você vem comigo — falei.

Sammy saiu do carro.

— Isto é terrível — disse. Pegou o braço de Camilla e conduziu-a de volta à rua. — Vamos sair daqui.

Eu os vi indo embora. Ele tinha razão. Bandini, o idiota, o cachorro, o cafajeste, o bobalhão. Mas eu não podia evitar. Olhei para o certificado do carro e descobri seu endereço. Era um lugar perto da rua 24 e de Alameda. Não pude evitar. Caminhei até Hill Street e embarquei num bonde para Alameda. Aquilo me interessava. Um novo lado do meu caráter, o bestial, a escuridão, as profundezas inexploradas de um novo Bandini. Mas depois de alguns quarteirões, o clima se dissipou. Desci do bonde perto dos armazéns de carga. Bunker Hill estava a mais de três quilômetros, mas voltei caminhando. Quando cheguei em casa, eu disse que estava tudo acabado entre mim e Camilla Lopez para sempre. E você vai se arrepender, sua pequena tola, porque vou ser famoso. Sentei-me diante da máquina de escrever e trabalhei a maior parte da noite.

Trabalhei duro. Devia ser outono, mas não me dei conta da diferença. Tínhamos sol todo dia, céus azuis toda noite. Às vezes, havia nevoeiro. Eu estava comendo fruta de novo. O japonês me dava crédito e eu tinha o melhor da sua barraca. Bananas, laranjas, peras, ameixas. De vez em quando, comia aipo. Tinha uma lata cheia de tabaco e um cachimbo novo. Não havia café, mas eu não me importava. E então minha história chegou às bancas. *As colinas distantes perdidas*! Não era tão empolgante quanto *O cachorrinho riu*. Mal olhei para o exemplar de cortesia que Hackmuth me mandou. Mesmo assim, aquilo me agradava. Algum dia, eu teria tantas histórias escritas que nem me lembraria de onde foram publicadas. "Olá, Bandini! Belo conto você publicou em *The Atlantic Monthly* deste mês." Bandini intrigado: "Publiquei um conto no *Atlantic*? Ora, ora."

Hellfrick, o comedor de carne, o homem que nunca pagava suas dívidas. Eu lhe emprestara tanto naquele período próspero, mas agora que estava pobre, ele tentava barganhar comigo. Uma capa de chuva velha, um par de chinelos, uma caixa de sabonetes finos — eram as coisas que me oferecia em pagamento. Eu as recusava.

— Meu Deus, Hellfrick, preciso de dinheiro, não de coisas de segunda mão.

Sua loucura por carne agravara-se. O dia inteiro, eu o ouvia fritando bifes baratos, o odor rastejando por baixo da minha porta. Aquilo me dava um desejo maluco de carne. Ia até Hellfrick.

— Que tal dividir esse bife comigo?

O bife era tão grande que enchia toda a frigideira. Mas Hellfrick me mentia descaradamente:

— Não como nada há dois dias.

Eu o xingava com palavrões violentos; logo perdi todo o respeito por ele. Sacudia sua cabeça vermelha e inchada, os grandes olhos com um ar deplorável. Mas nunca me ofereceu sequer os restos do seu prato. Dia após dia, eu trabalhava, contorcendo-me com o odor torturante de costeletas de porco fritas, bifes grelhados, bifes fritos, bifes à milanesa, fígado acebolado e todo tipo de carnes.

Um dia, sua mania de carne passou e a mania de gim voltou. Embriagou-se durante duas noites diretas. Podia ouvi-lo tropeçando pelo quarto, chutando garrafas e falando sozinho. Depois sumiu. Passou outra noite fora. Quando voltou, o cheque da sua pensão fora gasto e ele havia, de alguma forma, em algum lugar, não se lembrava, comprado um carro. Fomos até os fundos do hotel e olhamos o seu carro. Era um imenso Packard, com mais de vinte anos. Parecia um carro fúnebre, os pneus gastos, a pintura preta barata borbulhando ao sol quente. Alguém na rua Principal lhe vendera o carro. Agora estava quebrado, com um grande Packard nas mãos.

— Quer comprá-lo? — disse.

— De jeito nenhum.

Estava deprimido, a cabeça estourando de uma ressaca.

Naquela noite, entrou no meu quarto. Sentou-se na cama, seus longos braços pendendo até o chão. Estava com saudades do meio-oeste. Falava de caça de coelho, de pescaria, dos bons velhos dias quando era garoto. Começou então com o assunto da carne.

— Que tal um bife grande e grosso? — disse, os lábios frouxos. Abriu dois dedos. — Grosso assim. Grelhado. Um monte de manteiga por cima. Queimado apenas o suficiente para dar um travo. Gostaria de um bife assim?

— Adoraria.

Levantou-se.

— Então venha comigo, vamos atrás de um bife.

— Você tem dinheiro?

— Não precisamos de nenhum dinheiro. Estou com fome.

Apanhei meu suéter e o segui pelo corredor até a viela. Entrou no carro. Hesitei.

— Aonde está indo, Hellfrick?

— Vamos lá — falou. — Deixe por minha conta.

Entrei ao lado dele.

— Sem problema — falei.

— Problema! — escarneceu. — Estou lhe dizendo que sei onde podemos encontrar um bife.

Rodamos ao luar de Wilshire para Highland e de Highland passando por Cahuenga Pass. Do outro lado, estava a planície achatada de San Fernando Valley. Encontramos uma estrada deserta saindo do calçamento e a seguimos através de eucaliptos altos até fazendas esparsas e pastos. Depois de um quilômetro e meio, a estrada terminava. Arame farpado e postes de cerca apareciam no brilho dos faróis. Hellfrick laboriosamente deu meia-volta no carro, colocando-o de frente para a estrada pavimentada que havíamos deixado. Saiu pela porta da frente, abriu a porta traseira e remexeu nas ferramentas debaixo da almofada do banco traseiro.

Debrucei-me e o observei.

— Que está fazendo, Hellfrick?

Levantou-se, um macaco na mão.

— Espere aqui.

Passou por baixo de uma falha no arame farpado e atravessou o pasto. A uns cem metros, um celeiro destacava-se no luar. Então descobri o que ia fazer. Saltei do carro e gritei para ele. Mandou-me silenciar, raivoso. Eu o vi seguir na ponta dos pés em direção da porta do celeiro. Eu o xinguei e esperei tenso. Logo ouvi o mugido de uma vaca. Era um grito que dava pena. Ouvi então um baque e um arrastar de cascos. Pela porta do celeiro, veio Hellfrick. Sobre o ombro, carregava uma massa

[137]

escura, que o fazia vergar. Atrás dele, mugindo sem parar, vinha uma vaca. Hellfrick tentou correr, mas a massa escura o limitava a uma marcha rápida. E a vaca ainda o perseguia, enfiando o focinho nas suas costas. Virou-se, chutando violentamente. A vaca parou, olhou em direção do celeiro, e mugiu de novo.

— Seu imbecil, Hellfrick. Seu desgraçado imbecil!

— Me ajude — falou.

Ergui o arame farpado a uma altura que lhe permitiria passar com seu fardo. Era um bezerro, o sangue jorrando de um talho entre as orelhas. Os olhos do bezerro estavam arregalados. Eu podia ver a lua refletida neles. Era assassinato a sangue frio. Fiquei enojado e horrorizado. Meu estômago revirou quando Hellfrick jogou o bezerro no banco traseiro. Ouvi o corpo desabar, depois a cabeça. Fiquei enojado, muito enojado. Era puro assassinato.

Em toda a viagem de volta, Hellfrick exultava, mas o volante estava pegajoso de sangue e uma ou duas vezes ouvi o bezerro escoiceando no assento traseiro. Segurei o rosto nas mãos e tentei esquecer o chamado melancólico da mãe do bezerro, o doce rosto do bezerro morto. Hellfrick dirigia muito rápido. Em Beverly, passamos disparados por um carro preto que rodava lentamente. Era uma patrulha policial. Cerrei os dentes e esperei pelo pior. Mas a polícia não nos seguiu. Estava enjoado demais para me sentir aliviado. Uma coisa era certa: Hellfrick era um assassino, e estava tudo encerrado entre nós. Em Bunker Hill, descemos por nossa viela e encostamos no espaço de estacionamento adjacente à parede do hotel. Hellfrick saiu.

— Agora vou lhe dar uma lição de açougueiro.

— Vá para o inferno — falei.

Fiquei vigiando enquanto ele embrulhava a cabeça do bezerro em jornais, o jogava sobre o ombro e apressava-se pelo corredor escuro em direção do seu quarto. Espalhei jornais pelo chão sujo e ele largou o bezerro sobre eles. Riu de suas calças ensanguentadas, de sua camisa ensanguentada, de seus braços ensanguentados.

Olhei para o pobre bezerro. Sua pele era malhada em preto e branco e tinha os tornozelos mais delicados. Da boca ligeiramente aberta, aparecia uma língua rosada. Fechei os olhos e saí correndo do quarto de Hellfrick e joguei-me no chão do meu quarto. Fiquei ali e estremeci, pensando na velha vaca sozinha no campo ao luar, a velha vaca mugindo pelo seu bezerro. Assassinato! Hellfrick e eu estávamos acabados. Ele não precisava pagar a dívida. Era dinheiro manchado de sangue — não para mim.

Depois daquela noite, fiquei muito frio com Hellfrick. Nunca mais visitei seu quarto. Algumas vezes reconheci a sua batida, mas mantive a porta trancada para que não pudesse entrar. Quando o encontrava no corredor, simplesmente grunhíamos. Devia-me três dólares, mas nunca cobrei.

CAPÍTULO QUATORZE

Boas notícias de Hackmuth. Outra revista queria *As colinas distantes perdidas* em forma condensada. Cem dólares. Eu estava rico de novo. Uma ocasião para reparações, para endireitar o passado. Enviei a minha mãe cinco dólares. Chorei quando me mandou uma carta de agradecimento. As lágrimas rolavam por meu rosto enquanto escrevia rapidamente a resposta. E mandei mais cinco. Estava satisfeito comigo mesmo. Possuía umas poucas qualidades boas. Podia vê-los, meus biógrafos, falando com minha mãe, uma senhora muito velha numa cadeira de rodas: era um bom filho, o meu Arturo, um bom provedor.

Arturo Bandini, o romancista. Com renda própria, feita escrevendo contos. Escrevendo um livro agora. Um livro tremendo. As críticas antecipadas excelentes. Prosa notável. Nada igual desde Joyce. De pé, diante do retrato de Hackmuth, leio o trabalho de cada dia. Passo horas inteiras escrevendo uma dedicatória: Para J. C. Hackmuth, por ter me descoberto. Para J. C. Hackmuth, com admiração. Para Hackmuth, um homem de gênio. Podia vê-los, aqueles críticos de Nova York, cercando Hackmuth no seu clube. Certamente descobriu um vencedor naquele garoto Bandini da costa oeste. Um sorriso de Hackmuth, seus olhos cintilando.

[141]

Seis semanas, algumas doces horas todo dia, três ou quatro, às vezes cinco deliciosas horas, com as páginas se empilhando e todos os outros desejos adormecidos. Senti-me como um fantasma caminhando sobre a terra, um amante de homem e de besta igualmente, e maravilhosas ondas de ternura me inundavam quando falava com as pessoas e misturava-me a elas nas ruas. Deus Todo-Poderoso, querido Deus, bom para mim, deu-me uma língua doce e aquela gente triste e solitária vai me ouvir e ficará feliz. Assim passavam os dias. Dias sonhadores e luminosos, e às vezes uma alegria tão grande e quieta vinha a mim que eu apagava as luzes e chorava, e um estranho desejo de morrer me assolava.

Assim Bandini, escrevendo um romance.

Uma noite, atendi a uma batida na porta e lá estava ela.

— Camilla!

Entrou e sentou-se na cama, com algo debaixo do braço, um maço de papéis. Olhou para o meu quarto: então era aqui que eu vivia. Ela se perguntara sobre o local onde eu morava. Levantou-se e caminhou, olhando pela janela, dando voltas no quarto, bela garota, Camilla, cabelos escuros cálidos, e eu fiquei de pé e a observei. Mas por que viera? Sentiu minha pergunta, sentou-se na cama e sorriu para mim.

— Arturo — falou. — Por que brigamos o tempo todo?

Eu não sabia. Falei algo sobre temperamentos, mas ela sacudiu a cabeça e cruzou os joelhos, e uma sensação de suas belas coxas sendo alçadas ficou marcada na minha mente, uma sensação densa e sufocante, desejo quente e luxuriante de tomá-las em minhas mãos. Cada movimento que ela fazia, o suave giro do pescoço, os grandes seios inflando-se debaixo do guarda-pó, as belas mãos sobre a cama, os dedos estendidos. Estas coisas me perturbavam, um peso doce e dolorido me arrastando para um estupor. Então o som de sua voz, contido, sugerindo zombaria, uma voz que falava ao meu sangue e aos meus ossos.

[142]

Lembrei-me da paz daquelas últimas semanas, parecera tão irreal, fora um hipnotismo que eu mesmo criara, porque isto era estar vivo, estar olhando para os olhos negros de Camilla, confrontando seu desdém com esperança e uma lascívia descarada.

Ela viera para algo mais do que uma mera visita. Então descobri o que era.

— Lembra-se de Sammy?

Claro.

— Você não gostava dele.

— Era simpático.

— Ele é bom, Arturo. Você ia gostar dele se o conhecesse melhor.

— Imagino que sim.

— Ele gostava de você.

Duvidei daquilo, depois da briga no estacionamento. Lembrei-me de certas coisas do relacionamento dela com Sammy, seus sorrisos para ele durante o trabalho, sua preocupação na noite em que o levamos em casa.

— Você ama aquele sujeito, não é?

— Não exatamente.

Tirou os olhos do meu rosto e deixou-os viajar pelo quarto.

— Sim, você o ama.

De repente eu a detestava, porque me machucara. Esta garota! Rasgara meu soneto de Dowson, mostrara meu telegrama a todo mundo no Columbia Buffet. Fizera de mim um tolo na praia. Suspeitava da minha virilidade e sua suspeita era igual ao desdém em seus olhos. Observei-lhe o rosto e os lábios e pensei no prazer que seria esbofeteá-la, mandar meu punho com toda a força contra seu nariz e seus lábios.

Falou de Sammy de novo. Sammy teve todos os azares na vida. Podia ter sido alguém, só que sua saúde sempre foi precária.

— O que ele tem?

[143]

— Tuberculose — disse ela.

— Dureza.

— Não vai viver muito tempo.

Eu estava me lixando.

— Todos temos de morrer um dia.

Pensei em jogá-la na rua, dizendo: se veio aqui para falar daquele cara, pode sair, porque não estou interessado. Pensei que seria delicioso: mandá-la sair, ela tão maravilhosa e bonita à sua maneira, e forçada a sair, porque eu a mandei.

— Sammy não está mais aqui. Foi embora.

Se achava que eu tinha curiosidade de saber o paradeiro dele, estava muito enganada. Coloquei os pés na mesa e acendi um cigarro.

— Como vão todos os seus outros namorados? — falei. Disse aquilo sem pensar. Me arrependi na hora. Amaciei com um sorriso. Os cantos de sua boca reagiram, mas com um esforço.

— Não tenho namorados — disse.

— Claro — falei, com uma leve pincelada de sarcasmo. — Claro, eu entendo. Perdoe-me um comentário irrefletido.

Ficou silenciosa por um tempo. Fingi que estava assobiando. Então ela falou:

— Por que é tão mesquinho?

— Mesquinho? — falei. — Minha querida garota, sou tão amigo de homem quanto de besta. Não há uma gota de inimizade no meu mundo. Afinal, você não pode ser mesquinho e um grande escritor.

Seus olhos caçoaram de mim.

— Você é um grande escritor?

— É uma coisa que você jamais vai saber.

Ela mordeu o lábio inferior, prendeu-o entre dois dentes brancos e afiados, olhando para a janela e a porta como um animal enjaulado, e então sorriu de novo.

— Foi por isso que vim ver você.

Manuseou os grandes envelopes no colo e aquilo me excitou, seus próprios dedos tocando no colo, ficando ali e movendo-se contra sua carne. Havia dois envelopes. Abriu um deles. Era uma espécie de manuscrito. Peguei-o das mãos dela. Era um conto de Samuel Wiggins, Posta-Restante, San Juan, Califórnia. Chamava-se *Coldwater Gatling* e começava assim: "Coldwater Gatling não estava à procura de encrenca, mas nunca se sabe, com esses ladrões de gado do Arizona. Carregue o revólver no quadril e fique atento quando encontrar um desses sujeitos. A encrenca com a encrenca é que a encrenca estava à procura de Coldwater Gatling. Não gostam de comandos do Texas aqui no Arizona, em consequência Coldwater Gatling decidiu: atire primeiro e descubra quem você matou depois. Era assim que faziam no Estado da Estrela Solitária, onde os homens eram homens e as mulheres não se incomodavam de cozinhar para pessoas que cavalgavam como o diabo e atiravam com pontaria como Coldwater Gatling, o caubói mais duro que tinham por aquelas bandas."

Este era o primeiro parágrafo.

— Porcaria — falei.

— Por favor, ajude-o.

Ia morrer dentro de um ano, disse ela. Deixara Los Angeles e fora para as margens do deserto de Santa Ana. Morava num galpão, escrevendo febrilmente. Toda a sua vida quisera escrever. Agora, com tão pouco tempo lhe restando, sua oportunidade chegara.

— E que vantagem levo nisso? — perguntei.

— Mas ele está morrendo.

— Quem não está?

Abri o segundo manuscrito. Era o mesmo tipo de coisa. Sacudi a cabeça.

— É horrível.

— Eu sei — disse ela. — Mas não podia fazer alguma coisa? Ele lhe dará metade do dinheiro.

— Não preciso de dinheiro. Tenho renda própria.

Ela se levantou e ficou perto de mim, as mãos nos meus ombros. Abaixou a cabeça, seu hálito quente doce em minhas narinas, seus olhos tão grandes que refletiam minha cabeça, e me senti delirante e doente de desejo.

— Faria isto por mim?

— Por você? — eu disse. — Bem, por você... sim.

Beijou-me. Bandini, o pateta. Um beijo denso e quente por serviços a ser prestados. Empurrei-a para longe de mim cuidadosamente.

— Não precisa me beijar. Farei o que puder.

Mas eu já sabia o que fazer em relação ao caso, e enquanto ela se postava diante do espelho e passava batom nos lábios, olhei para o endereço nos manuscritos. San Juan, Califórnia.

— Vou escrever uma carta para ele a respeito deste material — falei. Ela observou-me pelo espelho, parou com o batom na mão. Seu sorriso zombava de mim.

— Não precisa fazer isso — disse. — Posso vir apanhar o material e mandar pelo correio eu mesma.

Foi o que ela disse, mas você não pode me enganar, Camilla, porque posso ver as memórias daquela noite na praia escritas no seu rosto desdenhoso, e eu a odeio, oh Deus como a detesto!

— Ok — falei. — Acho que isto seria melhor. Volte amanhã à noite.

Estava escarnecendo de mim. Não seu rosto, seus lábios, mas interiormente.

— A que horas devo vir?

— A que horas deixa o trabalho?

Virou-se, fechou a bolsa e olhou para mim.

— Você sabe a que horas eu deixo o trabalho — disse.

— Vou te pegar, Camilla. Vou te pegar ainda.

— Venha então — disse.

Andou até a porta, colocou a mão na maçaneta.

— Boa noite, Arturo.

— Vou até o saguão com você.

— Não seja bobo — disse.

A porta se fechou. Fiquei parado no meio do quarto e ouvi seus passos nas escadas. Podia sentir a palidez do meu rosto, a terrível humilhação, e fiquei zangado e segurei os cabelos com os dedos e berrei com toda a força da minha garganta enquanto puxava os cabelos, detestando-a, batendo com os punhos um no outro, cambaleando pelo quarto com os braços agarrados contra o corpo, lutando com a horrenda lembrança dela, expulsando-a da minha consciência, arfando de ódio.

Mas havia meios e modos, e aquele homem doente lá no deserto ia receber o troco também. Vou te pegar, Sammy. Vou cortá-lo em pedaços. Vou fazê-lo desejar que estivesse morto e enterrado há muito tempo. A pena é mais poderosa que a espada, meu caro Sammy, mas a pena de Arturo Bandini é mais poderosa ainda. Porque minha ocasião chegou, meu senhor. E agora vai chegar a sua.

Sentei-me e li suas histórias. Anotei cada linha, cada frase e cada parágrafo. O texto era mesmo horrível, um primeiro esforço, coisa desajeitada, vaga, convulsiva, absurda. Hora após hora, fiquei sentado ali consumindo cigarros e rindo freneticamente dos esforços de Sammy, tripudiando-os, esfregando as mãos com satisfação. Meu amigo, como eu ia arrasar com ele! Fiquei de pé num salto e trotei pelo quarto, boxeando com um adversário imaginário: tome esta, meu caro Sammy, e esta, e que tal este gancho de esquerda, veja se gosta deste cruzado de direita, zingo, bingo, bangue, biff, bluiii!

Virei-me e vi a marca na cama onde Camilla se sentou, o contorno sensual onde suas coxas e seus quadris haviam afundado sobre a maciez da colcha de chenile. Então esqueci Sammy e, morrendo de desejo, joguei-me de joelhos diante da marca e beijei-a com reverência.

[147]

— Camilla, eu amo você!

E quando ao meu desabafo se seguiu uma sensação de vazio, me levantei, enojado comigo mesmo, o negro e horrendo Arturo Bandini, o cão negro e vil.

Sentei-me e entreguei-me implacavelmente à minha carta de crítica a Sammy.

Caro Sammy:

Aquela putinha esteve aqui esta noite; você sabe, Sammy, a pequena sebenta com o corpo maravilhoso e a mente de um retardado. Entregou-me certos alegados textos supostamente escritos por você. Além do mais, afirmou que o homem da foice está vindo ceifá-lo. Sob circunstâncias normais, eu chamaria esta de uma situação trágica. Mas tendo lido a bílis que os seus manuscritos contêm, deixe-me falar para o mundo em geral e dizer imediatamente que a sua partida é uma sorte para todo mundo. Você não sabe escrever, Sammy. Sugiro que se concentre na tarefa de colocar sua alma idiota em ordem nestes últimos dias antes de deixar um mundo que vai suspirar aliviado com a sua partida. Gostaria honestamente de poder dizer que detesto vê-lo partir. Gostaria também que, como eu, você pudesse legar à posteridade algo como um monumento aos seus dias sobre esta terra. Mas como isto é tão obviamente impossível, deixe-me o aconselhar a não guardar rancor nestes seus dias finais. O destino foi realmente ingrato com você. Como o resto do mundo, suponho que você também esteja contente de que muito em breve tudo estará acabado e a mancha de tinta que você deixou nunca será examinada de um ponto de vista mais amplo. Falo em nome de todos os homens sensíveis e civilizados quando o conclamo a queimar esta massa de esterco literário e depois se manter afastado de caneta e tinta. Se tiver uma máquina de escrever, o mesmo vale para ela; porque até a datilografia deste manuscrito é uma desgraça. Se, no entanto, persistir no seu lamentável desejo de escrever, de modo algum me envie a josta que você compôs. Descobri pelo menos que você é engraçado. Não deliberadamente, é claro.

Lá estava, acabado, devastador. Dobrei os manuscritos, coloquei a nota com eles dentro de um grande envelope, fechei e enderecei a Samuel Wiggins, Posta-Restante, San Juan, Califórnia, selei e enfiei no meu bolso traseiro. Então subi as escadas, atravessei o saguão e fui até a caixa de correio na esquina. Passava um pouco das três horas de uma madrugada incomparável. O azul e branco das estrelas e do céu eram como cores do deserto, uma suavidade tão palpitante que tive de parar e me perguntar como podia ser tão adorável. Nem uma folha das palmeiras sujas se mexia. Nenhum som era ouvido.

Tudo o que era bom em mim me emocionou naquele momento, tudo o que eu esperava do profundo e obscuro significado da minha existência. Aqui estava a placidez interminável e muda da natureza, indiferente à grande cidade; aqui estava o deserto abaixo dessas ruas, ao redor dessas ruas, esperando que a cidade morresse para cobri-la com a areia eterna uma vez mais. Assaltou-me uma sensação aterrorizadora de entender o significado e o destino patético dos homens. O deserto sempre esteve aqui, um animal branco paciente, esperando que homens morressem, que civilizações lampejassem e se apagassem na escuridão. Então os homens me pareceram bravos e fiquei orgulhoso de figurar entre eles. Toda a maldade do mundo não parecia maldade de todo, mas inevitável, boa e parte daquela luta interminável para manter o deserto sob controle.

Olhei para o sul na direção das grandes estrelas, e sabia que naquela direção ficava o deserto de Santa Ana, que debaixo das grandes estrelas, num galpão, havia um homem como eu, que provavelmente seria engolido pelo deserto antes de mim, e que na minha mão eu tinha um esforço seu, uma expressão da sua luta contra o silêncio implacável para dentro do qual estava sendo tragado. Assassino ou *barman* ou escritor, não importava: seu destino era o destino comum de todos, seu fim o meu fim; e aqui, nesta noite, nesta cidade de janelas escuras havia outros milhões como ele e como eu: tão indistintos quanto folhas de grama. Viver já era duro. Morrer era uma tarefa suprema. E Sammy ia morrer em breve.

Fiquei parado junto à caixa de correio, minha cabeça contra ela, e me contristei por Sammy, e por mim, e por todos os vivos e os mortos. Perdoe-me, Sammy! Perdoe um tolo! Voltei ao meu quarto e passei três horas escrevendo a melhor crítica do seu trabalho que poderia escrever. Não dizia que isto estava errado ou que aquilo estava errado. Dizia sempre que, em minha opinião, isto ficaria melhor se, e assim por diante. Fui dormir por volta das seis horas, mas foi um sono aprazível e feliz. Como eu era realmente maravilhoso! Um grande homem, de fala macia e gentil, amante de todas as coisas, homem e besta igualmente.

CAPÍTULO QUINZE

Não a vi de novo por uma semana. Neste meio tempo, recebi uma carta de Sammy agradecendo-me pelas correções. Sammy, seu verdadeiro amor. Também me deu alguns conselhos. Como estava me saindo com a pequena latina? Não era uma dama ruim, nada má quando todas as luzes se apagavam, mas o seu problema, Sr. Bandini, é que não sabe lidar com ela. É bom demais com aquela garota. Não entende as mulheres mexicanas. Não gostam de ser tratadas como seres humanos. Se for bonzinho com elas, elas montam em você.

Trabalhei no livro, parando de vez em quando para reler sua carta. Eu a estava lendo na noite em que ela voltou. Era por volta da meia-noite, e ela entrou direto, sem bater.

— Olá — disse.

— Olá, estúpida — respondi.

— Trabalhando?

— O que acha? — falei.

— Zangado? — disse.

— Não, apenas desgostoso.

— Comigo?

— Naturalmente — eu disse. — Olhe para si mesma.

Debaixo do casaco, estava o guarda-pó branco. Encardido, manchado. Uma de suas meias estava frouxa, enrugada nos tornozelos. Seu rosto parecia cansado, parte do batom sumira. O casaco que vestia estava pontilhado de fiapos e poeira. Estava empoleirada em saltos altos baratos.

— Você se esforça tanto para ser uma americana — falei.

— Por que faz isto? Olhe para si mesma.

Foi até o espelho e estudou-se gravemente.

— Estou cansada — disse. — Tivemos uma noite agitada.

— São esses sapatos — falei. — Devia calçar o que seus pés foram feitos para calçar: *huaraches*. E toda essa pintura no seu rosto. Está péssima: uma imitação barata de uma americana. Está desgrenhada. Se eu fosse um mexicano, arrancava sua cabeça. É uma desgraça para a sua gente.

— Quem é você para falar assim? — disse. — Sou tão americana quanto você. Ora, você não é americano coisa nenhuma. Veja a sua pele. É moreno como os carcamanos. E seus olhos são negros.

— Castanhos — falei.

— Nada disso. São negros. Olhe para os seus cabelos. Negros.

— Castanhos — falei.

Tirou o casaco, jogou-se na cama e enfiou um cigarro na boca. Começou a remexer nos bolsos à procura de um fósforo. Havia uma caixa ao meu lado na mesa. Esperou que eu passasse para ela.

— Não é aleijada — falei. — Venha pegar você mesma.

Acendeu o cigarro e fumou em silêncio, seu olhar para o teto, fumaça rolando de suas narinas em quieta agitação. Havia nevoeiro lá fora. De longe, vinha o som de uma sirene da polícia.

— Pensando em Sammy? — falei.

— Talvez.

— Não precisa pensar nele aqui. Sempre pode sair, você sabe.

Parou com o cigarro, apagou-o esmagando-o e suas palavras tiveram o mesmo efeito.

— Jesus, você é mau — disse. — Deve ser terrivelmente infeliz.

— Você é maluca.

Ficou deitada com as pernas cruzadas. As meias enroladas e alguns centímetros de carne escura apareciam onde o guarda-pó branco terminava. Seus cabelos se esparramavam pelo travesseiro como uma garrafa de tinta derrubada. Deitava-se de lado, observando-me do fundo do travesseiro. Sorriu. Ergueu a mão e agitou um dedo para mim.

— Venha cá, Arturo — disse. Era uma voz calorosa.

Acenei com a mão.

— Não, obrigado. Estou bem aqui.

Durante cinco minutos, observou-me olhar pela janela. Podia ter tocado nela, segurando-a em meus braços; sim, Arturo, era só deixar a cadeira e estender-me ao lado dela, mas havia aquela noite na praia e o soneto no chão e o telegrama de amor, e lembrei-me deles como pesadelos enchendo o quarto.

— Com medo? — disse ela.

— De você? — eu ri.

— Está com medo — disse ela.

— Não, não estou.

Abriu os braços e toda ela parecia aberta para mim, mas aquilo só me fez fechar-me ainda mais, levando comigo a imagem dela naquela ocasião, como estava viçosa e macia.

— Veja — falei. — Estou ocupado. Olhe aqui — e bati com a palma da mão na pilha de manuscritos ao lado da máquina de escrever.

— Está com medo também.

— Do quê?

— De mim.

— Imagine...

[153]

Silêncio.

— Há algo errado com você — ela disse.

— O quê?

— Você é veado.

Levantei-me e fiquei de pé ao lado dela.

— É mentira — disse.

Ficamos deitados ali. Ela forçava a situação com o seu desdém, o beijo que me deu, a contorção dura dos lábios, a zombaria em seus olhos, até que eu parecia um homem feito de madeira e não havia nenhum sentimento dentro de mim, exceto terror e medo dela, uma sensação de que sua beleza era demais, que ela era muito mais bonita do que eu, muito mais arraigada do que eu. Tornava-me um estranho dentro de mim, era como todas aquelas noites calmas e os altos eucaliptos, as estrelas do deserto, aquela terra e aquele céu, aquele nevoeiro lá fora, e eu viera para cá com nenhum propósito exceto o de ser um mero escritor, ganhar dinheiro, ser reconhecido e toda aquela baboseira. Ela era muito melhor do que eu, tão mais honesta que fiquei enojado de mim mesmo e não podia enfrentar seus olhos cálidos. Reprimi o tremor provocado por seus braços trigueiros ao redor do meu pescoço e os dedos longos em meus cabelos. Não a beijei. Ela me beijou, o autor de *O cachorrinho riu*. Pegou então meu pulso com as duas mãos. Apertou os lábios contra a palma da minha mão. Colocou minha mão no seu peito entre os seios. Virou os lábios para meu rosto e esperou. E Arturo Bandini, o grande autor, mergulhou fundo em sua imaginação colorida, o romântico Arturo Bandini, abarrotado de frases espertas, e falou fracamente, como um gatinho:

— Olá.

— Olá? — ela respondeu, fazendo uma pergunta. — Olá? — e riu. — Bem, como você se sente?

Oh, aquele Arturo. Aquele inventor de histórias.

— Ótimo — ele disse.

[154]

E agora o quê? Onde estavam o desejo e a paixão? Ela iria embora em breve e então eles viriam. Mas, meu Deus, Arturo. Você não pode fazer isto! Lembre-se dos seus maravilhosos predecessores! Mantenha o seu nível. Eu sentia suas mãos me apalpando e eu as agarrava para desencorajá-las, para mantê-las num medo apaixonado. Uma vez mais, me beijou. Podia ter dado seus lábios a um presunto cozido frio. Eu me sentia miserável.

Empurrou-me.

— Afaste-se — disse. — Me largue.

O nojo, o terror e a humilhação me queimavam e eu não a soltava. Agarrei-me a ela, forcei o frio da minha boca contra o seu calor, lutou comigo para se desvencilhar e fiquei ali agarrado a ela, meu rosto no seu ombro, com vergonha de mostrá-lo. Senti então o seu desprezo transformar-se em ódio enquanto se debatia, e foi então que eu a quis, agarrei e implorei, e a cada puxão da sua fúria negra, meu desejo crescia, e fiquei feliz, dizendo hurra para Arturo, alegria e força, força através da alegria, a deliciosa sensação, a satisfação extasiada de que poderia possuí-la agora se quisesse. Mas não queria, pois eu tivera o meu amor. Ficara deslumbrado pelo poder e pelo júbilo de Arturo Bandini. Soltei-a, tirei a mão da sua boca e saltei para fora da cama.

Ficou sentada ali, a saliva branca nos cantos da boca, os dentes cerrados, as mãos puxando os longos cabelos, o rosto contendo um grito, mas não importava; podia gritar se quisesse, pois Arturo Bandini não era veado, não havia nada de errado com Arturo Bandini; ora, ele tinha uma paixão igual à de seis homens, aquele garoto, ele a sentira vindo à superfície: um grande sujeito, escritor poderoso, amante poderoso; de bem com o mundo, de bem com a sua prosa.

Observei-a endireitando o vestido, levantando-se, ofegante e assustada, e indo ao espelho para se olhar, como para se certificar de que era realmente ela mesma.

[155]

— Você não presta — disse.

Sentei-me e roí uma unha.

— Pensei que fosse diferente — disse ela. — Detesto brutalidade.

Brutalidade, vejam só. Que me importava o que ela pensava? A grande coisa fora provada: eu podia tê-la possuído e o que ela pudesse pensar não era importante. Eu era algo mais além de um grande escritor: não tinha mais medo dela. Podia olhar no seu rosto como um homem deveria olhar no rosto de uma mulher. Saiu sem falar de novo. Fiquei sentado num sonho de deleite, uma orgia de confiança confortável: o mundo era tão grande, tão cheio de coisas que eu podia dominar. Ah, Los Angeles, pó e névoa em tuas ruas solitárias, não me sinto mais solitário. Aguardem só, vocês todos fantasmas deste quarto, aguardem só, porque ainda vai acontecer e aquela Camilla, ela pode ter o seu Sammy no deserto, com suas historietas baratas e sua prosa fedorenta, mas esperem até que ela prove um gostinho de mim, porque vai acontecer, tão certo quanto existe um Deus no céu.

Não me lembro. Talvez uma semana tenha se passado, talvez duas semanas. Sabia que ela voltaria. Não esperei. Vivi minha vida. Escrevi algumas páginas. Li alguns livros. Estava sereno: ela voltaria. Seria à noite. Nunca pensei nela como algo a ser cogitado à luz do dia. As muitas vezes em que me encontrei com ela, nenhuma foi de dia. Eu a esperava como esperava a lua.

Ela veio. Desta vez, ouvi pedrinhas tilintando no vidro da minha janela. Abri bem a janela e lá estava ela na encosta, um suéter sobre o guarda-pó branco. Sua boca estava ligeiramente aberta enquanto me observava.

— O que está fazendo? — disse ela.

— Estou só sentado aqui.

— Zangado comigo?

— Não. Está zangada comigo?

— Um pouco — ela riu.

— Por quê?

— Você é mau.

Fomos dar uma volta de carro. Perguntou-me se sabia algo sobre armas. Eu não sabia. Fomos até uma galeria de tiro na rua Principal. Era uma exímia atiradora. Conhecia o proprietário, um rapaz de jaqueta de couro. Eu não era capaz de acertar em nada, nem no grande alvo do meio. Era o dinheiro dela e estava aborrecida comigo. Era capaz de segurar um revólver debaixo do braço e acertar na mosca do grande alvo. Dei cerca de cinquenta tiros e errei todos. Então ela tentou me mostrar como segurar a arma. Arranquei-a dela e apontei o cano imprudentemente em todas as direções. O rapaz da jaqueta de couro abaixou-se sob o balcão.

— Tenha cuidado! — gritou. — Atenção!

O aborrecimento dela tornou-se humilhação. Puxou uma moeda de cinquenta centavos do bolso cheio de gorjetas.

— Tente de novo — disse. — E desta vez não erre, porque senão eu não vou pagar por você.

Não tinha nenhum dinheiro comigo. Coloquei a arma sobre o balcão e recusei-me a atirar de novo.

— Ao diabo com isto — falei.

— É um maricas, Tim — disse ela. — Tudo o que sabe fazer é escrever poesia.

Tim obviamente só gostava de pessoas que sabiam atirar. Olhou-me desgostoso, sem dizer nada. Apanhei um rifle de repetição Winchester, mirei, e comecei a mandar bala. O grande alvo, a vinte metros de distância, um metro acima do chão num poste, não deu sinais de ter sido atingido. Uma campainha devia tocar toda vez que a mosca era acertada. Nenhum som. Esvaziei a arma, farejei o fedor acre de pólvora queimada e fiz uma careta. Tim e Camilla riram do maricas. A esta altura, uma

[157]

multidão se juntara na calçada. Todos partilhavam do nojo de Camilla, era uma coisa contagiante e eu também senti aquilo. Ela virou-se, viu a multidão e corou. Tinha vergonha de mim, estava aborrecida, mortificada. Falando pelo canto da boca, sussurrou-me que devíamos ir andando. Abriu caminho entre a multidão, caminhando rapidamente, dois metros à minha frente. Segui-a devagar. Ho ho, e o que me importava se eu não sabia atirar com uma arma e que me importava que aqueles trouxas tivessem rido e que ela tivesse rido, pois quem dentre eles, aqueles suínos imbecis, os miseráveis tolos sorridentes da rua Principal, qual deles seria capaz de compor uma história como *As colinas distantes perdidas*? Nenhum deles. Ao diabo com o seu desprezo.

O carro ficara estacionado diante de um café. Quando cheguei lá, ela já tinha dado a partida. Entrei, mas não esperou que me sentasse. Ainda zombando, soltou a embreagem. Fui jogado contra o assento, depois contra o para-brisa. Estávamos entalados entre dois outros carros. Ela bateu num, depois no outro, sua maneira de me mostrar como eu havia sido tolo. Quando finalmente nos afastamos do meio-fio e pegamos a rua, suspirei e recostei-me.

— Graças a Deus — falei.

— Cala essa boca! — disse ela.

— Escute — falei. — Se vai agir assim, por que simplesmente não me deixa sair? Posso caminhar.

Pisou imediatamente no acelerador. Disparamos pelas ruas do centro da cidade. Fiquei me segurando e pensei em saltar. Chegamos então a uma área onde o trânsito era esparso. Estávamos a três quilômetros de Bunker Hill, na parte leste da cidade, no distrito das fábricas e cervejarias. Ela diminuiu a marcha do carro e encostou no meio-fio. Estávamos ao longo de uma cerca baixa e preta. Atrás dela, havia pilhas de canos de aço.

— Por que aqui? — perguntei.

— Você queria andar — disse ela. — Saia e ande.

— Estou com vontade de ir de carro de novo.

— Saia — disse ela. — Estou falando sério. Qualquer um sabe atirar melhor do que você! Vamos, saia!

Puxei meus cigarros, ofereci um a ela.

— Vamos discutir a questão — falei.

Derrubou com um tapa o maço de cigarros de minha mão, jogando-o no chão, e encarou-me com ar de desafio.

— Odeio você — disse. — Deus, como odeio você!

Enquanto eu apanhava os cigarros, a noite e o distrito industrial deserto tremiam com o ódio dela. Entendi. Ela não odiava Arturo Bandini, não realmente. Odiava o fato de que ele não correspondia aos seus padrões. Queria amá-lo, mas não conseguia. Queria que fosse como Sammy: quieto, taciturno, severo, um bom atirador, um bom *barman* que a aceitava como garçonete e nada mais. Saí do carro sorrindo, porque sabia que a tinha magoado.

— Boa noite — falei. — É uma bela noite. Não me importo de caminhar.

— Espero que nunca chegue — disse. — Espero que o encontrem morto na sarjeta de manhã.

— Vou ver o que posso fazer — falei.

Ao se afastar, um soluço subiu-lhe à garganta, um grito de dor. Uma coisa era certa: Arturo Bandini não prestava para Camilla Lopez.

CAPÍTULO DEZESSEIS

Os bons dias, os dias gordos, página sobre página de manuscrito; dias prósperos, algo a dizer, a história de Vera Rivken, e as páginas se amontoavam e eu estava feliz. Dias fabulosos, o aluguel pago, ainda cinquenta dólares na carteira, nada para fazer dia e noite a não ser escrever e pensar em literatura: ah, dias tão doces, ver o trabalho render, preocupar-me com ele, comigo mesmo, meu livro, minhas palavras, talvez importante, talvez intemporal, mas meu ainda assim, o indômito Arturo Bandini, já mergulhado no seu primeiro romance.

Chega então uma noite e o que fazer dela, minha alma tão serena pelo banho de palavras, meus pés tão sólidos sobre a terra, e o que estão os outros fazendo, o resto das pessoas no mundo? Vou sentar e olhar para ela, Camilla Lopez.

Feito. Era como nos velhos tempos, nossos olhos grudados um no outro. Mas ela havia mudado, estava mais magra e seu rosto parecia doentio com duas erupções em cada canto da boca. Sorrisos polidos. Dei-lhe gorjeta e me agradeceu. Enfiei níqueis no fonógrafo, tocando suas canções favoritas. Não dançava no trabalho e não me olhava com a frequência de costume. Talvez fosse Sammy: talvez sentisse falta do sujeito.

— Como vai ele? — perguntei.

Encolheu os ombros:

[161]

— Bem, imagino.

— Não o tem visto?

— Oh, claro.

— Você não parece bem.

— Estou me sentindo bem.

Levantei-me.

— Bem, tenho de ir andando. Só passei aqui para ver como você estava.

— Foi gentil de sua parte.

— De nada. Por que não vem me visitar?

Ela sorriu.

— Uma noite destas, quem sabe.

Querida Camilla, você finalmente veio. Jogou pedrinhas na vidraça e eu a puxei para dentro do quarto, senti seu bafo de uísque e fiquei intrigado enquanto você se sentava ligeiramente bêbada diante da minha máquina de escrever, dando risinhos enquanto brincava com o teclado. Virou-se então e olhou para mim, e vi seu rosto claramente debaixo da luz, o lábio inferior inchado, a mancha roxa e preta em volta do olho esquerdo.

"Quem bateu em você?", perguntei. E você respondeu: "Acidente de automóvel", e eu falei: "Sammy dirigia o outro carro?", e você chorou, embriagada e com o coração partido. Pude tocar em você então e não me preocupar com o desejo. Pude deitar-me ao seu lado na cama e segurá-la nos braços e ouvi-la dizer que Sammy a odiava, que você dirigiu até o deserto depois do trabalho e que ele a esbofeteou duas vezes por acordá-lo às três da manhã.

— Mas por que foi vê-lo? — eu disse.

— Porque estou apaixonada por ele.

Você tirou uma garrafa da bolsa e nós a bebemos; primeiro foi sua vez, depois minha. Quando a garrafa esvaziou, desci até a *drugstore* e comprei outra, uma garrafa grande. A noite toda, choramos e bebemos, e bêbado eu podia dizer as coisas que fervilhavam no meu coração, todas aquelas palavras bonitas e os símiles inteligentes, porque você chorava pelo outro sujeito e não ouvia uma palavra do que eu dizia, mas eu as ouvi, e Arturo Bandini foi muito bom naquela noite, porque falava com o seu verdadeiro amor, e não era você, e não era Vera Rivken tampouco, era apenas o seu verdadeiro amor. Mas eu disse algumas coisas belas naquela noite, Camilla. Ajoelhando-me ao seu lado na cama, tomei sua mão e disse: "Ah, Camilla, garota perdida! Abra seus longos dedos e me devolva minha alma cansada! Beije-me com a sua boca, porque eu anseio pelo pão de uma colina mexicana. Respire a fragrância das cidades perdidas em narinas febris e deixe-me morrer aqui, minha mão sobre o suave contorno de sua garganta, tão parecida com a brancura de uma praia sulina meio esquecida. Apanhe a saudade nestes olhos inquietos e alimente com ela as andorinhas solitárias que atravessam um milharal no outono, porque eu amo você, Camilla, e o seu nome é sagrado como o de uma princesa corajosa que morreu com um sorriso por um amor que nunca foi correspondido."

Eu estava bêbado naquela noite, Camilla, bêbado de uísque de setenta e oito centavos, e você estava bêbada de uísque e pesar. Lembro-me de que depois de apagar todas as luzes, sem roupas, exceto por um sapato que me desconcertava, segurei-a em meus braços e adormeci, em paz no meio de seus soluços e, no entanto, incomodado quando as lágrimas quentes dos seus olhos gotejavam em meus lábios e eu provava seu gosto salgado e pensava naquele Sammy e em seu horroroso manuscrito. Que ele ousasse bater em você! Aquele idiota. Até a sua pontuação era má.

Quando acordamos, já era manhã e estávamos ambos nauseados e o seu lábio inchado estava mais grotesco do que nunca e seu olho roxo agora estava verde. Você se levantou, cambaleou até a pia e lavou o rosto. Eu a ouvi gemer. Observei-a se vestindo. Senti seu beijo na minha testa quando se despediu e

[163]

aquilo me nauseou também. Então você saltou pela janela e eu a ouvi tropeçar subindo a encosta, a grama zunindo e pequenos galhos quebrando debaixo de seus passos incertos.

Estou tentando me lembrar cronologicamente. Inverno ou primavera ou verão, eram dias sem mudança. Valia a noite, obrigado pela escuridão, de outro modo não saberíamos que um dia acabava e outro começava. Eu tinha 240 páginas prontas e o final estava à vista. O resto era um cruzeiro em águas mansas. E então lá iria o trabalho para Hackmuth, e a agonia iria começar.

Foi por volta desta época que fomos até Terminal Island, Camilla e eu. Uma ilha feita pelo homem, aquele lugar, um longo dedo de terra apontando para Catalina. Terra e fábricas de enlatados e o cheiro de peixes, casas marrons cheias de crianças japonesas, extensões de areia branca com pavimentos negros largos correndo para cima e para baixo e as crianças japonesas jogando futebol nas ruas. Ela estava irritável, tinha bebido muito, e seus olhos tinham aquele olhar duro galináceo de uma velha. Paramos o carro na rua ampla e caminhamos uns cem metros até a praia. Havia pedras na beira d'água, rochas pontudas cheias de caranguejos. Os caranguejos estavam em dificuldades, porque as gaivotas marinhas vinham atrás deles e guinchavam e enfiavam as garras e brigavam entre si. Sentamos na areia e observamos, e Camilla falou que eram muito bonitas aquelas gaivotas.

— Eu as odeio — falei.

— Você! — disse ela. — Odeia tudo.

— Olhe para elas — falei. — Por que atacam aqueles pobres caranguejos? Os caranguejos não fizeram nada. Então por que diabos elas os atacam assim?

— Caranguejos — ela disse. — Argh.

— Odeio as gaivotas marinhas — falei. — Elas comem de tudo, de preferência morto.

— Pelo amor de Deus, cale a boca para variar. Você sempre estraga tudo. Que me importa o que elas comem?

Na rua, as criancinhas japonesas estavam num grande jogo de futebol americano. Eram todos garotos abaixo dos doze anos. Um deles era bom de passe. Virei as costas para o mar e acompanhei o jogo. O bom lançador dera outro passe direto nos braços de um companheiro de equipe. Fiquei interessado e soergui-me.

— Olhe para o mar — disse Camilla. — Espera-se de você que admire coisas bonitas, seu escritor.

— Ele faz passes sensacionais — falei.

O inchaço desaparecera de seus lábios, mas o olho ainda estava meio roxo.

— Eu vinha aqui o tempo todo — ela disse. — Quase toda noite.

— Com aquele outro escritor — eu disse. — Aquele escritor realmente grande, aquele gênio do Sammy.

— Ele gostava daqui.

— É um grande escritor, de verdade. Aquela história que escreveu sobre o seu olho esquerdo é uma obra-prima.

— Não fala pelos cotovelos como você. Sabe quando ficar quieto.

— O idiota.

Uma briga estava fermentando entre nós. Decidi evitá-la. Levantei-me e caminhei na direção dos garotos na rua. Ela me perguntou aonde ia.

— Vou entrar no jogo — falei. Ficou injuriada.

— Com eles? — disse. — Aqueles japas?

Abri caminho através da areia.

— Lembre-se do que aconteceu naquela outra noite! — disse ela.

Virei-me.

— O quê?

— Lembra-se de quando foi a pé até sua casa?

— Está bom para mim — falei. — O ônibus é mais seguro.

Os garotos não me deixaram jogar, porque os dois lados estavam em igualdade numérica, mas me deixaram ser o juiz por um tempo. Então o time do bom lançador ficou tão à frente que uma mudança era necessária, por isso joguei no time oposto. Todo mundo em nosso time queria ser zagueiro e resultou numa grande confusão. Fizeram-me jogar no centro e odiei, porque ficava impedido de receber passes. Finalmente o capitão do nosso time me perguntou se eu sabia passar e me deu uma chance na traseira. Completei o passe. Foi divertido depois disso. Camilla partiu quase que imediatamente. Jogamos até escurecer e eles nos venceram, mas por uma pequena margem. Peguei o ônibus de volta para Los Angeles.

Tomar a resolução de não voltar a vê-la era inútil. Eu não distinguia um dia do outro. Houve a noite dois dias depois daquela em que me abandonou em Terminal Island. Eu tinha ido a um cinema. Era pouco depois da meia-noite, quando desci a velha escadaria até o meu quarto. A porta estava trancada, pelo lado de dentro. Quando girei a maçaneta, ouvi sua voz.

— Espere só um minuto. Sou eu, Arturo.

Foi um longo minuto, cinco vezes mais longo que o usual. Pude ouvi-la movimentando-se apressadamente no quarto. Ouvi a porta do armário bater, ouvi a janela sendo aberta. Mexi na maçaneta mais uma vez. Ela abriu a porta e ficou parada ali, ofegante, o peito subindo e descendo. Seus olhos eram pontos de chama negra, suas faces estavam cheias de sangue, e parecia vibrar com uma alegria intensa. Senti uma espécie de medo diante da mudança, o súbito abrir e fechar de suas pestanas, o sorriso rápido e úmido, os dentes tão vivos e viscosos com bolhas de saliva.

— O que está acontecendo? — perguntei.

Jogou os braços em volta de mim. Beijou-me com uma paixão que, eu sabia, não era autêntica. Barrou minha entrada com um floreio de afeição. Estava escondendo algo de mim, mantendo-me fora do meu quarto o mais que podia. Por cima de seu ombro, dei uma olhada. Vi a cama com a marca de uma cabeça sobre o travesseiro. Seu casaco estava jogado sobre a cadeira e a penteadeira estava cheia de pequenos pentes e grampos de cabelos. Aquilo era correto. Tudo parecia em ordem a não ser pelos dois pequenos tapetes vermelhos do lado da cama. Tinham sido removidos, estava evidente para mim, porque gostava deles na sua posição regular, onde meus pés pudessem tocá-los quando saísse da cama de manhã.

Afastei os seus braços e olhei para a porta do armário embutido. Subitamente ela começou a arfar agitada enquanto recuava até a porta, encostando-se nela, os braços abertos para protegê-la.

— Não abra, Arturo — implorou. — Por favor!

— Que diabo está acontecendo? — falei.

Ela estremeceu. Molhou os lábios e engoliu em seco, seus olhos cheios de lágrimas enquanto ria e chorava ao mesmo tempo.

— Vou lhe contar um dia — disse. — Mas, por favor, não entre lá agora, Arturo. Você não deve. Oh, não deve. Por favor!

— Quem está lá?

— Ninguém — ela quase gritou. — Nem uma alma. Não é nada disso, Arturo. Ninguém esteve aqui. Mas por favor! Por favor, não abra agora. Oh, por favor!

Veio na minha direção, como um felino prestes a atacar, envolvendo-me num abraço que era ainda uma proteção contra meu ataque sobre a porta do armário. Abriu os lábios e beijou-me com um fervor peculiar, uma frieza apaixonada, uma indiferença voluptuosa. Não gostei daquilo. Uma parte dela estava traindo outra parte, mas eu não conseguia descobrir. Sentei-me na cama e observei-a enquanto ficava de pé entre mim e aquela porta do armário. Tentava, com muito esforço, esconder uma euforia cínica. Era como alguém que tenta esconder sua embriaguez, mas a euforia estava lá, impossível de ocultar.

— Você está bêbada, Camilla. Não devia beber tanto.

A avidez com que admitiu que de fato estava bêbada me deixou imediatamente desconfiado. Lá estava ela, acenando com a cabeça como uma criança mimada, uma admissão tímida e sorridente, o beicinho, os olhos abatidos. Levantei-me e a beijei. Estava bêbada, mas não estava bêbada de uísque ou de álcool, porque seu hálito era doce demais para aquilo. Puxei-a para a cama ao meu lado. Seu êxtase varria-lhe os olhos, onda após onda, o langor apaixonado dos seus braços e dedos procurava minha garganta. Cantarolava nos meus cabelos, seus lábios contra a minha cabeça.

— Se você pelo menos fosse ele — sussurrou. Subitamente gritou, um grito penetrante que fincava suas garras nas paredes do quarto. — Por que não pode ser ele! Oh, Jesus Cristo, por que não pode ser? — Começou a me bater com os punhos, socando minha cabeça com direitas e esquerdas, gritando e arranhando numa explosão de loucura contra o destino que não me fizera ser o seu Sammy. Agarrei-lhe os pulsos, berrei para que ficasse quieta. Prendi seus braços e coloquei a palma da mão sobre a boca que gritava. Olhou para mim com olhos inchados e salientes, lutando para respirar.

— Só largo quando me prometer que vai ficar quieta — falei.

Acenou com a cabeça e a soltei. Fui até a porta e tentei ouvir passos. Ela ficou deitada na cama de bruços, chorando. Fui, na ponta dos pés, até a porta do armário. O instinto deve tê-la advertido. Virou-se bruscamente na cama, o rosto ensopado de lágrimas, os olhos como uvas esmagadas.

— Abra aquela porta que eu grito — disse. — Vou gritar e gritar.

Eu não queria aquilo. Encolhi os ombros. Retomou sua posição com o rosto para baixo e chorou de novo. Em pouco tempo, a crise de choro teria passado, então eu poderia mandá-la para casa. Mas não aconteceu assim. Depois de meia hora, ainda chorava. Inclinei-me e toquei nos seus cabelos.

— O que você quer, Camilla?

— Ele — soluçou. — Quero ir vê-lo.

— Esta noite? — falei. — Meu Deus, são duzentos e cinquenta quilômetros.

Não se importava que fossem mil quilômetros, um milhão, queria vê-lo esta noite. Eu lhe disse para ir em frente; era problema dela; tinha um carro, podia chegar lá em cinco horas.

— Quero que venha comigo — soluçou. — Ele não gosta de mim. Mas gosta de você.

— Não conte comigo — falei. — Estou indo para a cama.

Implorou. Pôs-se de joelhos diante de mim, agarrou-se a minhas pernas e ergueu os olhos para mim. Ela o amava tanto, certamente um grande escritor como eu entenderia o que era amar daquele jeito; certamente eu sabia por que não podia ir até lá sozinha; e tocou no olho machucado. Sammy não a expulsaria se eu fosse com ela. Ficaria agradecido por ela ter-me levado lá e então Sammy e eu poderíamos conversar, porque havia tanto que eu poderia ensinar-lhe sobre como escrever, e ele ficaria muito grato a mim e a ela. Baixei os olhos sobre ela, cerrei os dentes e tentei resistir aos seus argumentos; mas quando ela colocou a questão naqueles termos, foi demais para mim, e quando concordei em ir, estava chorando com ela. Ajudei-a a ficar de pé, enxuguei suas lágrimas, afastei os cabelos do seu rosto e senti-me responsável por ela. Nas pontas dos pés, subimos as escadas e atravessamos o saguão até a rua, onde estava seu carro.

Rodamos para o sul e ligeiramente para o leste, revezandonos ao volante. Ao amanhecer, estávamos numa terra de desolação cinzenta, de cactos, artemísias e iúcas, um deserto onde a

[169]

areia era escassa e toda a vasta planície era pontilhada de rochas desmoronadas e com as cicatrizes de pequenas colinas cheias de tocos. Saímos então da rodovia principal e tomamos uma trilha de carroça entulhada de penedos e raramente usada. A estrada subia e descia ao ritmo das colinas indiferentes. Já era dia quando chegamos a uma região de gargantas e ravinas profundas, uns trinta quilômetros no interior do deserto de Mojave. Lá embaixo ficava o local onde Sammy morava, e Camilla apontou para um galpão baixo de adobe plantado no sopé de três colinas altas. Ficava bem à beira de uma planície arenosa. Para o leste, a planície se estendia ao infinito.

Estávamos ambos cansados, alquebrados e exaustos pelos sacolejos do Ford. Fazia muito frio àquela hora. Tivemos de estacionar a uns duzentos metros da casa e subir por um caminho de pedras até a porta. Segui na frente. Parei diante da porta. Lá dentro, podia ouvir um homem roncando profundamente. Camilla ficou para trás, os braços cruzados contra o frio úmido. Bati na porta e recebi um grunhido como resposta. Bati de novo e ouvi a voz de Sammy.

— Se é você, sua pequena latina, vou quebrar-lhe os dentes.

Abriu a porta e vi um rosto preso pelos dedos persistentes do sono, os olhos cinzentos e ofuscados, os cabelos em desalinho sobre a testa.

— Olá, Sammy.

— Oh — falou. — Pensei que fosse ela.

— Ela está aqui — falei.

— Diga para ir embora desta porra. Não quero ela por aqui.

Camilla havia recuado até um lugar encostado à parede do galpão e olhei para ela e a vi sorrindo embaraçada. Nós três sentíamos muito frio, batendo os dentes. Sammy abriu mais a porta.

— Você pode entrar — falou. — Ela, não.

Entrei. Estava quase totalmente escuro, um cheiro de roupa de baixo usada e do sono de um corpo doente. Uma luz fraca vinha de uma fresta na janela coberta por um pedaço de saco. Antes que pudesse impedi-lo, Sammy tinha trancado a porta.

Vestia ceroulas. O chão era de terra, seco, arenoso e frio. Arrancou o saco da janela e a luz da manhã entrou. Vapores eram exalados por nossas bocas no ar frio.

— Deixe-a entrar, Sammy — falei. — Que diabo.

— Não aquela puta — disse.

Continuou de ceroulas, joelhos e cotovelos cobertos pela negrura da terra. Era alto, macilento, um cadáver de um homem, bronzeado até quase parecer preto. Deslocou-se lentamente através do barraco até um fogão a lenha e começou a acender o fogo. Sua voz mudou e suavizou quando disse:

— Escrevi outra história, na semana passada. Acho que desta vez acertei. Gostaria que a visse.

— Claro — falei. — Mas, Sammy, ela é minha amiga.

— Bah — disse. — Ela não presta. Louca de pedra. Só vai lhe trazer problemas.

— Deixe-a entrar mesmo assim. Faz frio lá fora.

Abriu a porta e enfiou a cabeça para fora.

— Ei, você aí!

Ouvi a garota soluçar, ouvi-a tentando se recompor.

— Sim, Sammy.

— Não fique aí fora como uma idiota — disse. — Vai entrar ou não vai?

Ela entrou como uma corça assustada, enquanto ele voltava ao fogão.

— Achei que tinha dito que não queria mais você por aqui — falou.

— Trouxe ele — disse ela. — Arturo. Queria falar com você sobre literatura. Não queria, Arturo?

— Exato.

Era como uma estranha para mim. Toda a luta e glória dela secara como o sangue de suas veias. Estava ali de pé num canto, uma criatura sem espírito ou vontade, os ombros caídos, a cabeça curvada como se pesasse demais no pescoço.

— Você aí — disse Sammy. — Vá buscar um pouco de lenha.

— Eu vou — falei.

— Deixe que ela vá — disse ele. — Ela sabe onde está.

Eu a vi deslizar porta afora. Pouco depois, voltava, os braços cheios. Descarregou os gravetos numa caixa ao lado do fogão e, sem falar, alimentou as chamas, um graveto de cada vez. Sammy estava sentado numa caixa do outro lado do quarto, colocando as meias. Falava sem parar sobre suas histórias, um fluxo contínuo de tagarelice. Camilla ficou de pé acabrunhada ao lado do fogão.

— Você aí — disse ele. — Faça um café.

Fez o que ele mandou, servindo-nos café em canecas de lata. Sammy, revigorado pelo sono, estava cheio de entusiasmo e curiosidade. Ficamos sentados perto do fogão, eu estava cansado e sonolento e o fogo quente brincava com minhas pálpebras pesadas. Atrás de nós e à nossa volta, Camilla trabalhava. Varreu o lugar, fez a cama, lavou os pratos, pendurou as roupas jogadas por ali e manteve uma atividade incessante. Quanto mais falava, mais Sammy se tornava cordial e pessoal. Estava mais interessado no lado financeiro dos livros do que propriamente nos livros. Quanto esta revista pagava e quanto pagava aquela outra, e estava convencido de que só por favoritismo os contos eram vendidos. Você precisava ter um primo ou um irmão ou alguém assim no escritório de um editor para que aceitassem um de seus contos. Era inútil tentar dissuadi-lo e não tentei, porque sabia que este tipo de racionalização era necessário diante da sua mera incapacidade de escrever bem.

Camilla preparou o café da manhã para nós e comemos com os pratos no colo. A comida era farinha de milho frita com *bacon* e ovos. Sammy comeu com a robustez peculiar das pessoas doentes. Depois da refeição, Camilla recolheu os pratos de lata e os lavou.

[172]

Comeu então sua própria refeição, sentada num canto afastado, quieta, exceto pelo som do seu garfo no prato de lata. Toda aquela longa manhã Sammy falou. Sammy realmente não precisava de nenhum conselho sobre como escrever. Vagamente, através da névoa do meu sono, eu o ouvi dizendo-me como se devia e como não se devia fazer. Mas estava tão cansado. Implorei para que me dispensasse. Levou-me do lado de fora para um caramanchão de galhos de palmeira. Agora o ar estava quente e o sol alto. Deitei-me na rede e adormeci, e a última coisa de que me lembro foi a visão de Camilla debruçada sobre um tanque cheio de água suja e um monte de roupas de baixo e macacões.

Seis horas depois, ela me acordou para dizer que eram duas horas e tínhamos que iniciar a viagem de volta. Precisava estar no Columbia Buffet às sete. Perguntei se tinha dormido. Sacudiu a cabeça negativamente. Seu rosto era um manuscrito de miséria e exaustão. Saltei da rede e fiquei de pé no ar quente do deserto. Minhas roupas estavam empapadas de suor, mas eu me sentia descansado e revigorado.

— Onde está o gênio? — perguntei.

Acenou com a cabeça na direção da cabana. Caminhei até a porta, abaixando-me debaixo de um longo varal carregado de roupas limpas e secas.

— Você lavou tudo isso? — perguntei. Ela sorriu.

— Foi divertido.

Roncos profundos vinham do barraco. Dei uma olhada. Sammy estava deitado no catre, seminu, a boca escancarada, braços e pernas bem abertos. Afastei-me na ponta dos pés.

— É a nossa chance — falei. — Vamos embora.

Ela entrou na cabana e caminhou em silêncio até onde Sammy estava. Da porta, eu a vi inclinar-se sobre ele, estudar-lhe o rosto e o corpo. Debruçou-se, seu rosto perto do dele, como se fosse beijá-lo. Naquele momento, ele acordou e seus olhos se encontraram.

— Saia daqui — ele disse.

Ela virou-se e foi embora. Rodamos de volta para Los Angeles em completo silêncio. Mesmo quando me deixou no Alta Loma Hotel, não falamos nada, mas ela sorriu em agradecimento e eu sorri de compaixão, e ela foi embora. Já estava escuro, uma nódoa rosada do pôr do sol esmaecendo no oeste. Desci até o meu quarto, bocejei e atirei-me na cama. Deitado ali, lembrei-me subitamente do armário de roupas. Levantei-me e abri a porta. Tudo parecia normal, minhas roupas penduradas nos cabides, minhas malas na prateleira de cima. Mas não havia luz no armário. Risquei um fósforo e olhei para o chão. No canto, havia um palito de fósforo queimado e um punhado de grãos de uma substância marrom, como café de granulação grosseira. Apertei a substância com o dedo e provei-a com a ponta da língua. Sabia o que era aquilo: era maconha. Eu tinha certeza, porque Benny Cohen certa vez me mostrara a coisa para me advertir contra ela. Então foi por isso que esteve aqui. Você precisava ter um aposento hermético para fumar maconha. Aquilo explicava por que os dois tapetes foram removidos: ela os usara para cobrir a fresta debaixo da porta.

Camilla era uma maconheira. Farejei o ar do armário, encostei as narinas nas roupas penduradas ali. O cheiro era de barbas de milho queimadas. Camilla, a maconheira.

Aquilo não era da minha conta, mas ela era Camilla; me enganara e fizera pouco de mim e amava outra pessoa, mas era tão bonita e eu precisava tanto dela e por isso decidi que aquilo seria da minha conta. Eu a esperava no seu carro, às onze, aquela noite.

— Então você é uma maconheira — falei.

— Só de vez em quando — disse. — Quando estou cansada.

— Pare com isso — falei.

— Não é um vício — disse.

— Pare de qualquer maneira.

Encolheu os ombros.

— Não me incomoda.

— Prometa-me que vai parar.

Fez o sinal da cruz sobre o coração.

— Juro por tudo quanto é mais sagrado — mas estava falando com Arturo agora e não com Sammy. Sabia que não cumpriria a promessa. Deu a partida no carro e seguiu pela Broadway até a rua Oito e depois ao sul em direção da Avenida Central.

— Aonde vamos? — perguntei.

— Espere para ver.

Rodamos pelo Cinturão Negro de Los Angeles, a Avenida Central, clubes noturnos, prédios de apartamentos abandonados, lojas falidas, a rua da desesperança e da pobreza para os negros e do divertimento para os brancos. Paramos debaixo da marquise de um clube noturno chamado Club Cuba. Camilla conhecia o porteiro, um gigante de uniforme azul com botões de ouro.

— Negócios — disse ela. Ele riu, fez sinal para que alguém tomasse o seu lugar, e pulou no estribo. Tudo ocorreu como um procedimento de rotina, como se já tivesse ocorrido antes.

Ela virou a esquina e rodou por mais duas ruas, até que chegamos a uma viela. Entrou na viela, desligou os faróis e rodou cuidadosamente na escuridão total. Chegamos a uma espécie de abertura e ela desligou o motor. O negrão saltou do estribo e acendeu uma lanterna, fazendo sinal para que o seguíssemos.

— Posso perguntar que diabo é tudo isto? — falei.

Entramos por uma porta. O negro seguiu na frente. Segurou a mão de Camilla e ela segurou a minha. Caminhamos por um longo corredor. Não tinha tapete, o piso era de madeira de lei. A distância, como pássaros assustados, o eco de nossos passos flutuava através dos andares superiores. Subimos três lances de escada e continuamos ao longo de outro corredor. No final, havia uma porta. O negro a abriu. Lá dentro, era escuridão total.

[175]

Entramos. A sala cheirava a fumaça que não podia ser vista e, no entanto, ardia como colírio. A fumaça sufocou minha garganta, saltou sobre minhas narinas. Na escuridão, tentei tomar fôlego. Então o negro acendeu a lanterna.

O facho viajou através da sala, uma sala pequena. Por toda a parte havia corpos, os corpos de negros, homens e mulheres, talvez um monte deles, deitados no chão e numa cama que era apenas um colchão sobre molas. Eu podia ver seus olhos, arregalados e cinzentos e como ostras quando a lanterna os atingia, e gradualmente me acostumei à fumaça coruscante e vi minúsculos pontos vermelhos de luz por toda parte, pois estavam todos fumando maconha, quietamente na escuridão, e a pungência apunhalou meu pulmão. O negrão limpou a cama dos seus ocupantes, jogou-os como sacos de farinha no chão, e o facho da lanterna revelou que estava catando algo numa fenda do colchão. Era uma lata de tabaco Prince Albert. Abriu a porta e nós o acompanhamos escada abaixo e através da mesma escuridão até o carro. Entregou a lata a Camilla e ela lhe deu dois dólares. Nós o levamos de carro até o seu posto de porteiro e continuamos descendo a Avenida Central até a Los Angeles metropolitana.

Fiquei sem fala. Rodamos até sua casa, em Temple Street. Era um edifício doente, uma estrutura de vigamento de madeira condenada e morrendo do sol. Morava num apartamento. Era uma cama dobrável embutida na parede, um rádio, e móveis sujos e azulados estofados em excesso. O chão atapetado estava coberto de migalhas e sujeira, e num canto, aberta como um nu, havia uma revista de cinema e bonequinhas gordotas, lembranças de noites divertidas em balneários. Havia uma bicicleta num canto, os pneus murchos atestando um longo desuso. Havia uma vara de pescar num canto com anzóis e linhas emaranhadas, e havia uma espingarda em outro canto, empoeirada. Havia um bastão de beisebol sob o divã e havia uma Bíblia entalada entre as almofadas de uma poltrona estofada em excesso. A cama estava abaixada e os lençóis nada limpos. Havia uma reprodução do *Menino Azul* numa parede e uma estampa de um guerreiro índio saudando o céu em outra.

Caminhei até a cozinha, cheirei o lixo na pia, vi as frigideiras gordurentas no fogão. Abri a geladeira e estava vazia, a não ser por uma lata de leite condensado e um tablete de manteiga. A porta da geladeira não fechava, e parece que era para ser assim mesmo. Olhei no armário atrás da cama dobrável e havia uma porção de roupas e uma porção de cabides, mas todas as roupas estavam no chão, exceto um chapéu de palha, pendurado sozinho, ridículo lá no alto sem companhia.

Então era aqui que ela morava! Cheirei o quarto, toquei-o com meus dedos, caminhei através dele com meus pés. Era como havia imaginado. Este era o seu lar. De olhos vendados eu podia ter reconhecido o local, pois o cheiro dela o dominava, sua existência perdida o proclamava como parte de um esquema sem esperança. Um apartamento em Temple Street, um apartamento em Los Angeles. Ela pertencia às colinas ondulantes, aos vastos desertos, às altas montanhas, ela arruinaria qualquer apartamento, causaria estrago em qualquer pequena prisão como esta. Era assim, sempre na minha imaginação, sempre parte de meus planos e pensamentos sobre ela. Este era o seu lar, sua ruína, seu sonho disperso.

Arremessou o casaco e jogou-se no divã. Eu a vi olhar desanimada para o tapete feio. Sentado na poltrona superestofada, traguei um cigarro e deixei meus olhos passearem pelo perfil das curvas de suas costas e de seus quadris. O corredor escuro daquele Hotel da Avenida Central, o negro sinistro, o quarto dos fundos e os maconheiros, e agora a garota que amava um homem que a odiava. Era tudo farinha do mesmo saco, perversa, drogada e de uma feiura fascinante. Meia-noite em Temple Street, uma lata de maconha entre nós. Ela deitada ali, seus longos dedos pendendo sobre o tapete, esperando, apática, cansada.

[177]

— Já experimentou? — perguntou.

— Não vou nessa — falei.

— Uma vez só não vai doer.

— Eu não.

Soergueu-se no divã, procurou a lata de maconha na bolsa. Puxou um maço de papéis de cigarro. Colocou uma porção sobre o papel, enrolou-o, lambeu, torceu e apertou as pontas e passou para mim. Peguei o cigarro, e ainda dizia:

— Eu não.

Enrolou um para si mesma. Levantou-se então, fechou as janelas, prendeu-as firmemente pelas linguetas. Arrastou um cobertor da cama e o encostou à fresta debaixo da porta. Olhou ao redor cuidadosamente. Olhou para mim. Sorriu.

— Todo mundo reage diferente — disse. — Talvez você fique triste e chore.

— Eu não — falei.

Acendeu o dela, estendeu o fósforo para o meu.

— Eu não devia fazer isto — falei.

— Trague — disse ela. — Então prenda. Prenda por muito tempo. Até doer. Então solte.

— Isso não é legal — falei.

Traguei. Prendi. Prendi por muito tempo, até doer. Então soltei a fumaça. Ela estava recostada no divã e fez a mesma coisa.

— Às vezes são precisos dois deles — disse.

— Não vai me afetar — falei.

Fumamos os cigarros até queimarem as pontas dos dedos. Então enrolei mais dois. No meio do segundo, a coisa começou, uma impressão de flutuar, de ser arrancado da terra, a alegria e o triunfo de um homem sobre o espaço, a extraordinária sensação de poder. Ri e traguei de novo. Ela estava lá deitada, o langor frio da noite anterior em seu rosto, a paixão cínica. Mas eu estava além do quarto, além dos limites da minha carne, flutuando numa terra de luas brilhantes e estrelas cintilantes. Era

[178]

invencível. Não era eu mesmo, nunca fora aquele sujeito com sua felicidade sinistra, sua estranha bravura. Uma lâmpada na mesa ao meu lado, apanhei-a, examinei-a e a deixei cair no chão. Quebrou-se em muitos pedaços. Eu ri. Ela ouviu o barulho, viu os cacos e riu também.

— Qual é a graça? — falei.

Ela riu de novo. Eu me levantei, atravessei o quarto e a tomei nos braços. Pareciam terrivelmente fortes e ela arquejou debaixo do seu aperto e desejo.

Observei-a ficar de pé e tirar as roupas, e em algum lugar de um passado terreno, lembrei-me de ter visto aquele seu rosto antes, aquela obediência e medo, e lembrei-me de uma cabana e Sammy mandando-a sair para buscar lenha. Aconteceu como eu sabia que iria acontecer, mais cedo ou mais tarde. Ela arrastou-se para dentro dos meus braços e eu ri das suas lágrimas.

Quando tudo passou, o sonho de flutuar na direção de estrelas que explodiam, e a carne voltou a reter meu sangue em seus canais prosaicos, quando o quarto retornou, o quarto sujo e sórdido, o teto vazio sem sentido, o mundo cansado e desperdiçado, nada senti a não ser o velho sentimento de culpa, a sensação de crime e violação, o pecado da destruição. Sentei-me ao lado dela, deitada no divã. Olhei para o tapete. Vi os cacos de vidro da lâmpada quebrada. E quando me levantei para caminhar através do quarto, senti a dor, a forte agonia da carne do meu pé rasgada por meu próprio peso. Era uma dor merecida. Meus pés estavam cortados quando coloquei os sapatos e saí daquele apartamento para o espanto brilhante da noite. Manquejando, caminhei a longa estrada até meu quarto. Pensei que nunca mais veria Camilla Lopez de novo.

CAPÍTULO DEZESSETE

Mas grandes acontecimentos estavam por vir e eu não tinha com quem falar deles. Houve o dia em que terminei a história de Vera Rivken, os dias de brisa em que a reescrevi, apenas navegando com vento a favor. Hackmuth, mais uns dias e você vai ver algo maravilhoso. A revisão acabou e enviei o material, e então a espera, a esperança. Rezei de novo. Fui à missa e à sagrada comunhão. Fiz uma novena. Acendi velas no altar à Virgem Santíssima. Rezei por um milagre.

O milagre aconteceu. Aconteceu assim: eu estava de pé à janela do meu quarto, observando um percevejo que rastejava ao longo do peitoril. Eram três e quinze de uma tarde de quinta-feira. Ouvi baterem à porta. Abri e lá estava ele, um estafeta dos telégrafos. Assinei o recibo, sentei-me na cama e pensei se o vinho finalmente acabara com o coração do Velho. O telegrama dizia: seu livro aceito enviando contrato hoje. Hackmuth. Era tudo. Deixei o papel flutuar até o tapete. Fiquei sentado ali. Então abaixei-me até o chão e comecei a beijar o telegrama. Rastejei para baixo da cama e simplesmente fiquei ali. Não precisava mais da luz do sol. Nem da terra, nem do céu. Simplesmente fiquei ali, feliz de morrer. Nada mais podia acontecer a mim. Minha vida havia terminado.

[181]

O contrato vinha por via aérea? Fiquei caminhando pelo quarto sem parar nos dias seguintes. Li os jornais. Via aérea era muito pouco prática, perigosa demais. Nada de via aérea. Todo dia os aviões caíam, enchendo a terra de destroços, matando pilotos; era terrivelmente inseguro, uma empreitada pioneira, e onde diabos estava o meu contrato? Liguei para os correios. Como estavam as condições de voo sobre as Sierras? Boas. Todos os aviões sob controle? Bem. Nenhum acidente? Então onde estava o meu contrato? Passei um longo tempo treinando minha assinatura. Decidi usar meu nome do meio, a coisa toda, Arturo Dominic Bandini, A. D. Bandini, Arturo D. Bandini, A. Dominic Bandini. O contrato chegou na manhã de segunda-feira, remessa de primeira classe. Com ele vinha um cheque de quinhentos dólares. Meu Deus, quinhentos dólares! Eu era um dos Morgans. Podia me aposentar para o resto da vida.

Guerra na Europa, um discurso de Hitler, confusão na Polônia, estes eram os assuntos do dia. Que disparate! Vocês, provocadores de guerra, vocês, velhos hóspedes no saguão do Alta Loma Hotel, aqui estão as notícias, aqui: este pequeno papel com todo o esquisito linguajar legal, meu livro! Ao diabo com aquele Hitler, isto é mais importante do que Hitler, isto é sobre o meu livro. Não vai abalar o mundo, não vai matar uma alma, não vai disparar uma arma, ah, mas vocês se lembrarão dele até o dia de sua morte, estarão ali nos últimos estertores e sorrirão ao se lembrarem do livro. A história de Vera Rivken, uma fatia da vida.

Não estavam interessados. Preferiam a guerra na Europa, os desenhos animados e Louella Parsons, as pessoas trágicas, as pessoas pobres. Simplesmente fiquei sentado naquele saguão de hotel e sacudi a cabeça tristemente.

Alguém precisava saber e era Camilla. Durante três semanas, não a tinha visto, não desde a maconha em Temple Street. Mas não estava no bar. Outra garota ocupava o seu lugar. Perguntei por Camilla. A outra garota não quis falar. Subitamente o Columbia Buffet era como um túmulo. Perguntei ao *barman* gordo. Camilla não aparecia lá havia duas semanas. Fora demitida? Ele não sabia dizer. Estava doente? Não sabia. Não quis falar também.

Eu podia pagar um táxi. Podia pagar vinte táxis, viajando neles dia e noite. Peguei um táxi e fui até o apartamento de Camilla em Temple Street. Bati à sua porta e não obtive resposta. Forcei a porta. Abri, escuro lá dentro, acendi a luz. Estava deitada na cama dobrável. Seu rosto era o rosto de uma rosa velha amassada e seca dentro de um livro, amarelada, apenas os olhos para provar que havia vida nele. O quarto fedia. As persianas estavam abaixadas, a porta abriu com dificuldade até que chutei o tapete encostado na fresta. Abriu a boca quando me viu. Estava feliz de me ver.

— Arturo — disse. — Oh, Arturo!

Não falei do livro nem do contrato. Quem se importa com um romance, mais um miserável romance? Aquele incitamento no meu olhar era para ela, eram meus olhos lembrando uma garota selvagem e esguia correndo pela praia ao luar, uma bela garota que dançava com uma bandeja de cerveja nos braços roliços. Estava deitada ali, alquebrada, tocos marrons de cigarro transbordando de um pires ao seu lado. Desistira. Queria morrer. Foram suas palavras.

— Não me importo — ela disse.

— Você precisa comer — falei, porque seu rosto era apenas um crânio com pele amarelada esticada sobre ele. Sentei-me na cama e segurei seus dedos, sentindo os ossos, surpreso que fossem ossos tão pequenos, ela que era tão ereta, corpulenta e alta.

— Está com fome — falei. Mas ela não queria comida. — Coma de qualquer maneira.

Saí e comecei a comprar. Fui, a poucas portas adiante na mesma rua, a um pequeno armazém. Fui pedindo seções inteiras

[183]

da mercearia. Me dê tudo aquilo, e todas aquelas ali, me dê isso e me dê aquilo. Leite, pão, sucos enlatados, frutas, manteiga, legumes, carne, batatas. Tive de fazer três viagens para levar tudo até o apartamento dela. Quando estava tudo empilhado ali na cozinha, olhei para as compras e cocei a cabeça, sem saber o que lhe servir.

— Não quero nada — disse.

Leite. Lavei um copo e o enchi. Sentou-se na cama, sua camisola cor-de-rosa rasgada no ombro, rasgando-a mais enquanto se mexia para ficar sentada. Prendeu o nariz e bebeu três goles, abriu a boca e caiu para trás horrorizada, nauseada.

— Suco de fruta — falei. — Suco de *grapefruit*. É mais doce, tem um gosto melhor.

Abri uma garrafa, enchi um copo e estendi-o para ela. Camilla o tomou de uma só vez, recostou-se e arquejou. Então colocou a cabeça para o lado da cama e vomitou. Limpei a sujeira. Limpei o apartamento. Lavei os pratos e esfreguei a pia. Lavei o rosto dela. Desci as escadas, peguei um táxi e rodei por toda a cidade procurando um lugar para comprar uma camisola limpa para ela. Comprei uns doces também e uma pilha de revistas, *Look*, *Pic*, *See*, *Sic*, *Sac*, *Whack*, todas elas — alguma coisa para distraí-la, para fazê-la relaxar.

Quando voltei, a porta estava trancada. Eu sabia o que aquilo significava. Martelei-a com os punhos e chutei-a com os calcanhares. O barulho encheu todo o edifício. As portas dos outros apartamentos se abriram no corredor e cabeças se projetaram. Do térreo, veio uma mulher num velho roupão de banho. Era a senhoria; eu podia reconhecer uma senhoria imediatamente. Parou no alto das escadas, receosa de chegar mais perto.

— O que deseja? — perguntou.

— Está trancada — falei. — Preciso entrar.

— Deixe aquela garota em paz — disse ela. — Conheço gente da sua laia. Deixe a garota em paz ou chamo a polícia.

— Sou amigo dela — falei.

De dentro, veio a gargalhada exaltada e histérica de Camilla, o grito leviano de recusa.

— Ele não é meu amigo! Não o quero por aqui! — e então riu de novo, uma risada aguda e assustada, como de uma ave, aprisionada no quarto. A essa altura, o corredor estava cheio de pessoas num estado de seminudez. A atmosfera era desagradável, agourenta. Dois homens em mangas de camisa apareceram do outro lado do corredor. O grandão, com um charuto, puxou as calças para cima e disse:

— Vamos jogar o sujeito para fora daqui.

Comecei a me mexer então, recuando deles e caminhando rápido, passando pelo esgar sarcástico da senhoria e descendo as escadas até o saguão do térreo. Ao chegar na rua, comecei a correr. Na esquina da Broadway com Temple, vi um táxi parado. Entrei e mandei o chofer seguir em frente.

Não, não era da minha conta. Mas eu podia me lembrar, os feixes negros de seus cabelos, a profundidade tumultuada dos seus olhos, o frio na boca do meu estômago nos primeiros dias em que a conheci. Fiquei longe dali durante dois dias, depois não pude aguentar mais: queria ajudá-la. Queria tirá-la daquela armadilha cortinada, mandá-la para algum lugar no sul, à beira-mar. Podia fazer isto. Tinha um monte de dinheiro. Pensei em Sammy, mas ele a detestava do fundo do coração. Se ela pudesse apenas deixar a cidade, aquilo ajudaria muito. Decidi tentar mais uma vez.

Era por volta do meio-dia. Fazia muito calor, calor demais no quarto do hotel. Foi o calor que me levou a fazer aquilo, o tédio pegajoso, a poeira sobre a terra, as rajadas quentes do Mojave. Fui até os fundos do apartamento de Temple Street. Havia uma escadaria de madeira que levava ao segundo andar. Num dia como este, sua porta estaria aberta para refrescar o local com a ventilação da janela.

Eu estava certo. A porta estava aberta, mas ela não estava lá. Suas coisas estavam empilhadas no meio do quarto, caixas e malas com roupas saindo delas. A cama estava desdobrada, o colchão nu sem os lençóis. O lugar estava despido de vida. Então senti o odor de desinfetante. O quarto fora fumigado. Desci as escadas de três em três degraus até a senhoria.

— Você! — disse ela, abrindo a porta. — Você! — e bateu a porta. Fiquei do lado de fora e implorei.

— Sou amigo dela — falei. — Juro por Deus. Quero ajudá-la. Tem de acreditar em mim.

— Vá embora, senão chamo a polícia.

— Estava doente — falei. — Precisava de ajuda. Quero fazer alguma coisa por ela. Tem de acreditar em mim.

A porta se abriu. A mulher ficou me olhando nos olhos. Tinha altura média, atarracada, o rosto endurecido e sem emoção.

— Entre — ela disse.

Entrei num quarto opaco, ornado e estranho, entulhado de engenhocas fantásticas, um piano coberto de fotografias pesadas, xales de cores vistosas, luminárias e vasos extravagantes. Pediu-me para sentar, mas não sentei.

— Aquela garota foi embora — disse. — Enlouqueceu. Tive de fazer isto.

— Onde está ela? O que aconteceu?

— Tive de fazer isto. Era uma boa garota.

Fora forçada a chamar a polícia — aquela era a sua história. Aconteceu uma noite depois daquela em que estive lá. Camilla perdeu o controle, começou a quebrar pratos, jogar móveis pela janela, gritar e chutar as paredes, cortar as cortinas com um canivete. A senhoria chamou a polícia. A polícia veio, arrombou a porta e a agarrou. Mas os policiais se recusaram a levá-la. Seguraram Camilla e a acalmaram até que chegou uma ambulância. Uivando e debatendo-se, saiu carregada. Era tudo, só que Camilla devia três semanas de aluguel e causara danos irreparáveis ao mobiliário e ao apartamento. A senhoria mencionou uma quantia e paguei-lhe em dinheiro. Deu-me um recibo e sorriu a sua untuosa hipocrisia.

— Sabia que era um bom rapaz — disse. — Soube desde o primeiro momento em que botei os olhos em você. Mas a gente não pode confiar em estranhos nesta cidade.

Peguei o bonde até o Hospital Municipal. A enfermeira, na recepção, verificou num fichário quando mencionei o nome de Camilla Lopez.

— Está aqui — disse a enfermeira. — Mas não pode receber visitas.

— Como está ela?

— Não posso responder a isto.

— Quando posso vê-la?

O dia de visita era quarta-feira. Tinha de esperar mais quatro dias. Saí do imenso hospital e caminhei ao redor de suas dependências. Olhei para as janelas e andei a esmo pela área fronteira do hospital, depois peguei um bonde de volta para Hill Street e Bunker Hill. Quatro dias de espera. Eu os exauri jogando *pinball* e caça-níqueis. A sorte estava contra mim. Perdi um monte de dinheiro, mas matei muito tempo. Na tarde de terça-feira, fui até o centro da cidade e comecei a comprar coisas para Camilla. Comprei um rádio portátil, uma caixa de doces, um *pegnoir* e uma porção de cremes faciais e coisas do gênero. Fui então a uma loja de flores e pedi duas dúzias de camélias. Estava carregado quando cheguei ao hospital, na tarde de quarta-feira. As camélias tinham murchado da noite para o dia, porque não pensei em colocá-las na água. Suor escorria pelo meu rosto quando subi os degraus do hospital. Sabia que minhas sardas estavam em fogo, podia quase senti-las saltando do rosto.

A mesma enfermeira estava no balcão de recepção. Descarreguei os presentes numa cadeira e pedi para ver Camilla Lopez. A enfermeira verificou o fichário.

[187]

— A Srta. Lopez não está mais aqui — disse. — Foi transferida.

Eu estava tão afogueado e cansado.

— Onde está ela? — perguntei. Gemi quando ela disse que não podia responder.

— Sou amigo dela — falei à enfermeira. — Quero ajudá-la.

— Sinto muito — disse a enfermeira.

— Quem pode me dizer?

Sim, quem pode me dizer? Vasculhei todo o hospital, subindo um andar, descendo outro. Falei com médicos e médicos assistentes. Falei com enfermeiras e enfermeiras assistentes. Esperei em saguões e corredores, mas ninguém me dizia nada. Todos procuravam no pequeno fichário e todos diziam a mesma coisa: ela fora transferida. Mas não estava morta. Todos negavam isto, indo direto à questão; não, ela não estava morta: haviam-na levado para outro lugar. Foi inútil. Saí pela porta da frente para o sol ofuscante até a linha de bondes. Ao embarcar no bonde, lembrei-me dos presentes. Estavam em algum lugar no hospital; não podia sequer lembrar em que sala de espera. Não liguei para aquilo. Desconsolado, voltei para Bunker Hill.

Se fora transferida, teria sido para outra instituição estadual ou municipal, porque não tinha dinheiro. Dinheiro. Eu tinha dinheiro. Tinha três bolsos cheios de dinheiro e mais em casa, em minhas outras calças. Podia juntar tudo e trazer para eles, mas não chegavam sequer a me dizer o que havia acontecido com ela. De que valia o dinheiro? Eu ia gastá-lo de qualquer maneira, e aqueles corredores, aqueles corredores cheirando a éter, aqueles médicos enigmáticos de voz baixa, aquelas enfermeiras quietas e reticentes, todos me desconcertavam. Desci do bonde atordoado. A meio caminho da subida das escadas de Bunker Hill, sentei-me diante de uma porta e olhei para a cidade abaixo de mim, na bruma nebulosa e poeirenta do fim de tarde. O calor subia da bruma e minhas narinas o respiravam. Sobre a cidade espalhava-se uma camada branca parecida com nevoeiro. Mas não era o nevoeiro: era o calor do deserto, as grandes lufadas do Mojave e de Santa Ana, os dedos brancos pálidos da terra desolada, estendendo-se para reclamar sua criança capturada.

No dia seguinte, descobri o que tinham feito com Camilla. De uma *drugstore,* no centro, fiz uma ligação interurbana e fui atendido pela mesa telefônica do Instituto Municipal para Insanos em Del Maria. Perguntei à garota da mesa o nome do médico encarregado.

— Doutor Danielson — me disse.

— Ligue-me com a sala dele.

Ela plugou minha linha no quadro e a voz de outra mulher se fez ouvir.

— Gabinete do Dr. Danielson.

— Aqui é o Dr. Jones — eu disse. — Deixe-me falar com o Dr. Danielson. É urgente.

— Um momento, por favor.

Então, uma voz de homem.

— Aqui é Danielson.

— Alô, doutor — falei. — Sou o Dr. Jones, Edmond Jones, de Los Angeles. O senhor tem aí uma paciente transferida do Hospital Municipal, uma Srta. Camilla Lopez. Como está ela?

— Não podemos dizer — falou Danielson. — Ainda está sob observação. O senhor disse Edmond Jones?

Desliguei. Pelo menos sabia onde ela estava. Saber isto era uma coisa; tentar vê-la era outra. Fora de questão. Falei com pessoas que entendiam do assunto. Você tinha de ser parente do paciente e precisava provar isto. Tinha de escrever pedindo um encontro e só poderia ir depois que o investigassem. Não podia escrever cartas aos pacientes e não podia mandar presentes. Não fui até Del Maria. Estava consciente de que havia feito

[189]

o melhor. Ficara louca e aquilo não era da minha conta. Além do mais, ela amava Sammy.

Os dias passaram, as chuvas de inverno começaram. Final de outubro, e as provas do meu livro chegaram. Comprei um carro, um Ford 1929. Não tinha capota, mas corria como o vento, e, com a chegada dos dias secos, fiz longos passeios pela Costa Azul, até Ventura, até Santa Barbara, até San Clemente, até San Diego, seguindo a linha branca do pavimento, debaixo do olhar das estrelas, o pé no acelerador, a cabeça cheia de planos para outro livro, uma noite e depois outra, todas elas juntas soletrando dias de sonho que eu nunca conhecera, dias serenos que eu receava questionar. Eu rondava a cidade com o meu Ford: descobri vielas misteriosas, árvores solitárias, casas velhas em ruínas, saídas de um passado perdido. Dia e noite, eu vivia no meu Ford, parando apenas para pedir um hambúrguer e uma xícara de café em estranhos cafés de beira de estrada. Era a vida ideal para um homem, perambular e parar e depois continuar, sempre seguindo a linha branca ao longo da costa errante, um tempo para relaxar ao volante, acender outro cigarro, e buscar estupidamente significados naquele desconcertante céu do deserto.

Uma noite, dei com o lugar em Santa Monica onde Camilla e eu fomos nadar naqueles primeiros dias. Parei e observei as ondas que quebravam e a névoa misteriosa. Lembrei-me da garota correndo através do rugido espumante do mar, divertindo-se na louca liberdade daquela noite. Oh, aquela Camilla, aquela garota!

Houve uma noite, em meados de novembro, em que eu caminhava por Spring Street, dando uma olhada nos sebos. O Columbia Buffet ficava a apenas um quarteirão. "Só de brincadeira", falei, "em lembrança dos velhos tempos", e caminhei até o bar e pedi uma cerveja. Era um veterano agora. Podia olhar ao meu redor com sarcasmo e me lembrar de quando isto aqui era realmente

[190]

um local maravilhoso. Ninguém me conhecia, nem a nova garçonete com o maxilar cheio de goma de mascar, nem as duas músicas ainda arranhando *Contos dos bosques de Viena* num violino e num piano.

E, no entanto, o *barman* gordo se lembrava de mim. Steve, ou Vince, ou Vinnie, sei lá como se chamava.

— Não vejo você há muito tempo — disse.

— Não desde Camilla — falei.

Estalou a língua.

— Que pena — disse. — Era uma boa garota.

E foi tudo. Tomei outra cerveja, depois uma terceira. Deu-me a quarta e então paguei a rodada seguinte para nós dois. Uma hora se passou assim. Ficou de pé diante de mim, meteu a mão no bolso e puxou um recorte de jornal.

— Imagino que já tenha visto isto — disse. Apanhei o recorte. Não tinha mais do que seis linhas e uma manchete de duas linhas na parte inferior de uma página interna:

> A polícia local estava hoje à procura de Camilla Lopez, 22 anos, de Los Angeles, cujo desaparecimento da instituição de Del Maria foi descoberto pelas autoridades na noite passada.

O recorte era de uma semana atrás. Larguei minha cerveja e saí correndo dali colina acima até o meu quarto. Algo me dizia que ela viria para cá. Podia sentir seu desejo de voltar ao meu quarto. Puxando uma cadeira, sentei-me com os pés na janela, as luzes acesas, fumando e esperando. No fundo, sentia que ela viria, convencida de que não havia ninguém mais a quem pudesse recorrer. Mas ela não veio. Fui para a cama, deixando as luzes acesas. A maior parte do dia seguinte e toda a noite seguinte fiquei no meu quarto, esperando o tilintar das pedrinhas contra a minha janela. Depois da terceira noite, a convicção de que

[191]

ela viria começou a enfraquecer. Não, ela não viria aqui. Correria para Sammy, seu verdadeiro amor. A última pessoa em quem pensaria seria Arturo Bandini. Para mim, estava tudo bem. Afinal, eu era um romancista agora e um importante escritor de contos também, embora fosse eu quem dissesse aquilo.

Na manhã seguinte, recebi o primeiro dos seus telegramas a cobrar. Era um pedido de dinheiro a ser mandado pelo telégrafo a Rita Gomez, aos cuidados da Western Union, San Francisco. Assinara o telegrama Rita, mas a identidade era óbvia. Enviei-lhe vinte dólares e disse que viesse para o sul até Santa Barbara, onde eu a encontraria. Respondeu-me com outro telegrama: "Prefiro ir para o norte obrigada desculpe Rita."

O segundo telegrama veio de Fresno. Era outro pedido de dinheiro a ser enviado para Rita Gomez, aos cuidados da Postal Telegraph. Isto foi dois dias depois do primeiro telegrama. Fui até o centro da cidade e enviei-lhe quinze dólares. Fiquei um longo tempo sentado na agência dos telégrafos compondo uma mensagem para anexar ao dinheiro, mas não conseguia me decidir. Finalmente desisti e mandei o dinheiro apenas. Nada que eu dissesse faria alguma diferença para Camilla Lopez. Mas uma coisa era certa. Prometi, no caminho de volta ao hotel: ela não receberia mais dinheiro meu. Tinha de ser cuidadoso a partir de agora.

Seu terceiro telegrama chegou na noite de domingo, o mesmo tipo de mensagem, desta vez de Bakersfield. Eu me mantive fiel a minha resolução durante duas horas. Desta vez, a imaginei sem tostão, provavelmente debaixo de chuva. Mandei-lhe cinquenta, com um recado para comprar algumas roupas e ficar longe da chuva.

CAPÍTULO DEZOITO

Três noites depois, voltei de um passeio de carro e encontrei a porta do meu quarto trancada por dentro. Sabia o que significava aquilo. Bati, mas ninguém respondeu. Gritei seu nome. Disparei pelo corredor até a porta dos fundos e subi pela encosta até o nível da minha janela. Queria apanhá-la em flagrante. A janela estava abaixada e também a cortina do lado de dentro, mas havia uma fresta na cortina e eu podia ver o quarto. Estava iluminado por uma lâmpada de mesa e eu podia ver o quarto inteiro, mas não podia vê-la em parte alguma. A porta do armário estava fechada, e eu sabia que ela estava lá. Abri a janela. Empurrei a vidraça suavemente e deslizei para dentro do quarto. Os tapetes da cama não estavam no chão. Na ponta dos pés, andei até a porta do armário. Podia ouvi-la mexendo-se lá dentro, como se estivesse sentada no chão. Vagamente senti o cheiro de cubeba da maconha.

Segurei a maçaneta da porta do armário, mas, de repente, não queria apanhá-la fazendo aquilo. O choque seria tão ruim para mim quanto para ela. Então me lembrei de algo que me aconteceu quando criança. Era um armário como aquele e minha mãe o abriu subitamente. Lembrei-me do terror de ter sido descoberto e me afastei na ponta dos pés da porta do armário e sentei-me na cadeira da escrivaninha. Depois de cinco minutos,

[193]

não podia ficar mais no quarto. Não queria que ela soubesse. Saltei pela janela, fechei-a e voltei à porta dos fundos do hotel. Deixei o tempo passar. Quando achei que deveria ter terminado, caminhei ruidosa e bruscamente em direção da porta do meu quarto e entrei com ímpeto.

Estava deitada na cama, a mão fina protegendo os olhos.

— Camilla! — falei. — Você aqui!

Levantou-se e olhou-me com olhos negros delirantes, escura e devassa e num sonho, seu pescoço estendido definindo as cordas salientes da sua garganta. Nada tinha a dizer com os lábios, mas o ar espectral do seu rosto, os dentes brancos demais e grandes demais agora, o sorriso assustado falavam alto do horror que amortalhava seus dias e noites. Cerrei as mandíbulas para não chorar. Ao me aproximar da cama, ela ergueu os joelhos, encolhendo-se de pavor, como se esperasse que eu fosse bater nela.

— Calma — falei. — Vai ficar tudo bem. Você está ótima.

— Obrigada pelo dinheiro — disse, e era a mesma voz, profunda, porém nasal. Tinha comprado roupas novas. Eram baratas e berrantes: uma imitação de vestido de seda em amarelo brilhante com um cinto de veludo preto; sapatos em azul e amarelo e meias até a altura dos tornozelos, verdes e vermelhas no alto. As unhas tinham passado pela manicura, polidas num vermelho sanguíneo, e em torno dos pulsos havia contas verdes e amarelas. Tudo contrastava com o amarelo acinzentado do seu rosto e de sua garganta exangues. Sempre ficara melhor com o simples guarda-pó branco que vestia no trabalho. Não fiz perguntas. Tudo o que eu queria saber estava escrito em frases torturadas através da desolação do seu rosto. Não me parecia insanidade. Parecia medo, o terrível medo gritando de seus grandes olhos famintos, acesos agora por causa da droga.

Ela não podia ficar em Los Angeles. Precisava de descanso, uma oportunidade de comer e dormir, tomar muito leite e fazer longas caminhadas. Imediatamente me enchi de planos. Laguna Beach! Aquele era o lugar para ela. Era inverno e podíamos conseguir uma casa barata. Eu podia cuidar dela e começar outro livro. Tinha uma ideia para um novo livro. Não precisávamos nos casar, irmão e irmã estava bem para mim. Podíamos ir nadar e dar longas caminhadas ao longo da praia de Balboa. Podíamos sentar diante da lareira quando o nevoeiro estivesse denso. Podíamos dormir debaixo de cobertores grossos quando o vento rugisse do mar. Aquela era a ideia básica: mas eu a elaborei, derramei-a em seus ouvidos como palavras de um livro de sonho e seu rosto se iluminou e ela chorou.

— E um cachorro! — falei. — Vou comprar um cachorro para você. Um filhotinho. Um Scottie. Vamos chamá-lo de *Willie*.

Ela bateu palmas.

— Oh, *Willie*! — disse. — Vem cá, *Willie*! Vem cá, *Willie*!

— E um gato — falei. — Um gato siamês. Vamos chamá-lo de *Chang*. Um gato grande com olhos dourados.

Ela tremeu e cobriu o rosto com as mãos.

— Não — disse. — Odeio gatos.

— Ok. Nada de gatos. Eu os odeio também.

Ela estava sonhando com tudo aquilo, fazendo uma pintura com seu próprio pincel, a exultação como vidro brilhante em seus olhos.

— Um cavalo também — disse. — Depois que você ganhar muito dinheiro, vamos ter um cavalo.

— Vou ganhar milhões — falei.

Despi-me e fui para a cama. Ela dormiu mal, acordando com um tremor de repente, gemendo e resmungando no sono. Às vezes, durante a noite, sentou-se na cama, acendeu a luz e fumou um cigarro. Fiquei de olhos fechados, tentando dormir. Logo ela se levantou, enrolou meu roupão no seu corpo e buscou sua bolsa na mesa. Era uma bolsa branca de oleado, abarrotada de coisas. Ouvia arrastar os pés ao longo do corredor em meus

[195]

chinelos na direção do banheiro. Ficou dez minutos. Quando voltou, estava totalmente calma. Julgando-me adormecido, beijou-me na testa. Senti o cheiro da maconha. O resto da noite, ela dormiu um sono profundo, o rosto banhado de paz.

Às oito da manhã, saltamos para fora pela janela e descemos pela encosta até os fundos do hotel, onde estava meu Ford. Ela estava deplorável, o rosto amargo e tresnoitado. Rodei através da cidade até Crenshaw e de lá para o Long Beach Boulevard. Estava sentada carrancuda, a cabeça baixa, o vento frio da manhã penteando seus cabelos. Em Maywood, paramos num café de beira de estrada para o café da manhã. Comi salsicha com ovos e tomei suco de fruta e café. Ela recusou tudo, exceto café preto. Depois do primeiro gole, acendeu um cigarro. Eu queria examinar sua bolsa, porque sabia que continha maconha, mas se agarrava a ela como à própria vida. Cada um de nós tomou outra xícara de café, e então partimos. Sentia-se melhor, mas seu ânimo ainda estava negro. Não falei.

A poucos quilômetros de Long Beach, topamos com um canil. Entrei com o carro e descemos. Estávamos num pátio de palmeiras e eucaliptos. De todos os cantos, uma dúzia de cães correu para nós, latindo alegremente. Os cães a adoraram, sentindo-a instantaneamente como amiga, e pela primeira vez, naquela manhã, ela sorriu. Eram *collies*, policiais e *terriers*. Ficou de joelhos para abraçá-los e eles a cobriram com seus ganidos e suas grandes línguas rosadas. Pegou um *terrier* nos braços e balançou-o como um bebê, murmurando o seu afeto. Seu rosto estava radiante de novo, cheio de cor, o rosto da antiga Camilla.

O dono do canil surgiu da varanda dos fundos. Era um velho com uma barba curta branca, mancava e apoiava-se numa bengala. Os cães me deram pouca atenção. Aproximaram-se, farejaram meus sapatos e minhas pernas e afastaram-se rapidamente com um considerável desdém. Não que desgostassem de mim; preferiam Camilla com sua emoção profusa e sua estranha conversa de cachorro. Disse ao velho que queríamos um filhote e ele perguntou de que raça. Dependia de Camilla, mas ela não conseguia se decidir. Vimos várias ninhadas. Eram todos cativantes e infantis, bolinhas peludas de irresistível ternura. Finalmente achamos o cão que ela queria: era de um branco puro, um *collie*. Ainda não tinha seis semanas e era tão gordo que mal podia caminhar. Camilla colocou-o no chão e ele cambaleou através das pernas dela, caminhou poucos metros, sentou-se e prontamente adormeceu. Mais do que qualquer outro, ela queria aquele cão.

Engoli em seco quando o velho disse "vinte e cinco dólares", mas saímos com o filhote, seus documentos e sua mãe de branco puro seguindo-nos até o carro, latindo como para nos alertar que tomássemos muito cuidado na criação dele. Ao nos afastar, olhei por cima do ombro. Na entrada do canil, a mãe branca estava sentada, suas belas orelhas empinadas, a cabeça inclinada de lado, vendo-nos desaparecer na estrada principal.

— *Willie* — falei. — O nome dele é *Willie*.

O cachorro estava no colo dela, choramingando.

— Não — disse ela. — É *Branca de Neve*.

— É um nome de menina — falei.

— Não me importo.

Encostei na lateral da estrada.

— Eu me importo — falei. — Ou você muda o nome dele para outra coisa ou ele vai voltar.

— Está bem — cedeu. — O nome dele é *Willie*.

Senti-me melhor. Não tínhamos brigado por aquilo. *Willie* já a estava ajudando. Mostrava-se quase dócil, disposta a ser sensata. Sua inquietação tinha desaparecido e uma suavidade curvava seus lábios. Willie dormia profundamente no seu colo, mas chupava o dedo mindinho dela. Ao sul de Long Beach, paramos numa farmácia e compramos uma mamadeira e uma garrafa de leite. Os olhos de *Willie* se abriram quando ela colocou o bico da mamadeira na sua boca. Entregou-se à tarefa com fúria. Camilla ergueu bem os braços, correu os dedos por entre os cabelos e bocejou de prazer. Estava muito feliz.

Sempre para o sul, seguimos a bela linha branca. Eu dirigia lentamente. Um dia terno, um céu como o mar, o mar como o céu. À esquerda, as colinas douradas, o ouro do inverno. Um dia para não falar nada, para admirar árvores solitárias, dunas de areia e pilhas de pedras brancas ao longo da estrada. A terra de Camilla, o lar de Camilla, o mar e o deserto, a bela terra, o céu imenso e, no norte distante, a lua, ainda lá da noite anterior.

Chegamos a Laguna antes do meio-dia. Levei duas horas entrando e saindo de escritórios de agências imobiliárias e inspecionando casas, para encontrar o lugar que queríamos. Qualquer coisa servia para Camilla. *Willie* agora a possuía completamente. Não lhe importava onde fosse morar, contanto que o tivesse. A casa de que gostei tinha duas cumeeiras geminadas, com uma cerca de madeira branca ao seu redor, e ficava a menos de cinquenta metros da praia. O quintal era um canteiro de areia branca. Era bem mobiliada, cheia de cortinas de cores vivas e de aquarelas. Gostava ainda mais dela por causa daquele quarto no andar de cima. Dava para o mar. Podia colocar minha máquina de escrever diante da janela e podia trabalhar. Ah, rapaz, eu podia trabalhar muito diante daquela janela. Era só olhar para além daquela janela e a coisa vinha, e só de ver aquele quarto eu ficava indócil e via frase após frase marchando através da página.

Quando desci, Camilla tinha levado *Willie* para uma caminhada ao longo da praia. Fiquei na porta dos fundos e os observei, a quatrocentos metros de distância. Podia ver Camilla abaixar-se, bater palmas e depois correr, com *Willie* aos trambolhões atrás dela. Mas não chegava a ver *Willie*, era tão pequeno e se mesclava tão perfeitamente com a areia branca. Entrei. Na mesa da cozinha, estava a bolsa de Camilla. Eu a abri e despejei o conteúdo na mesa. Duas latas de Prince Albert de maconha caíram. Esvaziei-as no vaso sanitário e joguei-as na lata de lixo.

Saí então e sentei-me nos degraus da varanda ao sol quente, vendo Camilla e o cachorro voltarem para casa. Eram quase duas horas da tarde. Eu tinha de voltar a Los Angeles, empacotar minhas coisas e acertar as contas com o hotel. Levaria umas cinco horas. Dei a Camilla dinheiro para comprar comida e as coisas da casa de que precisávamos. Quando saí, ela estava deitada de costas, o rosto para o sol. *Willie* estava enrolado na barriga dela, num sono profundo. Gritei adeus, soltei o pedal da embreagem e entrei na rodovia costeira principal.

No caminho de volta, carregado de máquina de escrever, livros e malas, tive um pneu estourado. A escuridão chegou rapidamente. Eram quase nove horas, quando encostei no quintal da casa de praia. As luzes estavam apagadas. Abri a porta da frente com minha chave e gritei seu nome. Nenhuma resposta. Acendi todas as luzes e procurei em cada quarto, em cada armário. Ela sumira. Não havia sinal dela, nem de *Willie*. Descarreguei minhas coisas. Talvez tivesse levado o cão para outro passeio. Mas estava me enganando. Tinha ido embora. À meia-noite, duvidei de que fosse voltar e à uma hora estava convencido de que não voltaria. Procurei de novo algum bilhete, algum recado. Não havia traço dela. Era como se nem tivesse chegado a botar o pé naquela casa.

Decidi ficar. O aluguel estava pago por um mês e eu queria experimentar o quarto de cima. Aquela noite dormi lá, mas, na manhã seguinte, comecei a detestar o lugar. Com ela aqui, era parte de um sonho; sem ela, era uma casa. Coloquei minhas coisas no bagageiro e retornei de carro a Los Angeles. Quando voltei ao hotel, alguém ocupara meu quarto durante a noite. Tudo estava transtornado agora. Aluguei um outro quarto no andar principal, mas não gostei. Tudo estava desmoronando. O quarto novo era tão estranho, tão frio, sem uma memória. Quando olhei pela janela, o chão estava sete metros abaixo. Nada mais de saltar pela janela, nada mais de pedrinhas na vidraça. Coloquei minha máquina de escrever num lugar, depois em outro. Não parecia se encaixar em nenhum lugar. Algo estava errado, tudo estava errado.

Saí para uma caminhada pelas ruas. Meu Deus, aqui estava eu de novo, perambulando pela cidade. Olhei para os rostos ao meu redor e sabia que o meu era como o deles. Rostos drenados de sangue, rostos tensos, preocupados, perdidos. Rostos como flores arrancadas de suas raízes e enfiadas num vaso bonito, as cores se esvaindo rapidamente. Eu tinha que sair daquela cidade.

CAPÍTULO DEZENOVE

Meu livro saiu uma semana depois. Por um tempo foi divertido. Eu podia entrar nas lojas de departamentos e vê-lo entre milhares de outros, meu livro, meu nome, minha razão de viver. Mas não era o tipo de diversão que eu tinha ao ver *O cachorrinho riu* na revista de Hackmuth.

Aquilo também passara. E nenhuma notícia de Camilla, nenhum telegrama. Eu lhe deixara quinze dólares. Sabia que não podiam durar mais de dez dias. Achei que telegrafaria assim que ficasse sem dinheiro. Camilla e *Willie* — o que lhes teria acontecido?

Um cartão de Sammy. Estava na minha caixa de correio, quando cheguei em casa naquela tarde. Dizia:

Caro Sr. Bandini: Aquela garota mexicana está aqui e sabe o que acho da presença de mulheres aqui. Se ela é a sua garota é melhor vir apanhá-la porque não quero ela por aqui. Sammy

O cartão era de dois dias atrás. Enchi o tanque de gasolina, joguei um exemplar do meu livro no assento da frente e parti para a cabana de Sammy, no deserto de Mojave.

Cheguei lá depois da meia-noite. Uma luz brilhava na única janela do barraco. Bati e Sammy abriu a porta. Antes de falar, olhei ao redor. Ele voltou para uma cadeira ao lado de uma lanterna de querosene, onde apanhou uma revista barata de bangue-bangue e continuou a ler. Não falou. Não havia sinal de Camilla.

— Onde está ela? — perguntei.

— Sei lá. Foi embora.

— Quer dizer que a mandou embora.

— Não aguento ela por aqui. Sou um homem doente.

— Para onde ela foi?

Apontou o polegar para o sudeste.

— Para lá, em algum lugar.

— Quer dizer no meio do deserto?

Sacudiu a cabeça.

— Com o filhote — disse. — Um cachorrinho. Bonitinho como o diabo.

— Quando saiu?

— Domingo à noite — disse.

— Domingo! — falei. — Jesus Cristo! Isto foi há três dias! Levou algo para comer? Algo para beber?

— Leite — disse. — Uma garrafa de leite para o cão.

Saí além da clareira da cabana e olhei para o sudeste. Fazia muito frio e a lua estava alta, as estrelas em luxuriantes aglomerados através da cúpula azul do céu. Ao oeste, ao sul e ao leste esparramava-se uma desolação de cerrado, sombrias iúcas e colinas cobertas de tocos. Corri de volta para a cabana.

— Venha cá e me mostre em que direção ela foi — falei. Ele largou a revista e apontou para o sudeste.

— Naquela direção — disse.

Arranquei a revista da mão dele, agarrei-o pelo pescoço e o empurrei para fora na noite. Era magro e leve e cambaleou antes de recuperar o equilíbrio.

— Me mostre — falei.

Fomos até a margem da clareira e ele resmungou que era um homem doente e que eu não tinha o direito de empurrá-lo. Ficou ali ajeitando a camisa, puxando o cinto.

— Me mostre onde ela estava quando a viu pela última vez — falei. Ele apontou.

— Estava justamente atravessando aquela crista.

Deixei-o parado ali e caminhei uns quinhentos metros até o topo da crista. Fazia tanto frio que puxei o casaco em volta da garganta. Debaixo dos meus pés, a terra estava forrada de grãos de areia ásperos e escuros e de pequenas pedras, a bacia de algum mar pré-histórico. Além da crista, havia outras cristas parecidas, centenas delas estendendo-se ao infinito. A terra arenosa não revelava nenhuma pegada, nenhum sinal de ter sido jamais pisada. Continuei caminhando, arrastando-me pelo solo miserável que cedia ligeiramente e em seguida se cobria com migalhas de areia cinzenta.

Depois do que me pareceram três quilômetros, sentei-me numa pedra branca redonda e descansei. Eu estava suando, apesar do frio terrível que fazia. A lua mergulhava rumo ao norte. Devia passar das três da manhã. Eu caminhara regular, mas lentamente, como quem perambula, mas as cristas e os morros continuavam, estendendo-se interminavelmente apenas com cactos, artemísias e plantas feias que eu não conhecia, destacando-os do horizonte escuro.

Lembrei-me de mapas rodoviários do distrito. Não havia estradas, nem cidades, nenhuma vida humana entre aqui e o outro lado do deserto, nada a não ser terra desolada ao longo de quase cento e cinquenta quilômetros. Levantei-me e continuei a caminhar. Estava dormente do frio, mas o suor escorria pelo meu corpo. O leste acinzentado iluminou-se, metamorfoseou-se em rosa e depois em vermelho, e então a gigantesca bola de fogo ergueu-se das colinas enegrecidas. Através da desolação, havia uma suprema indiferença, a casualidade da noite e de outro dia e, no entanto, a intimidade secreta dessas colinas, sua maravilha silenciosa e consoladora faziam da morte uma coisa sem grande importância. Você podia morrer, mas o deserto esconderia o segredo da sua morte, ele persistiria depois de você, para cobrir sua memória com o eterno vento, calor e frio.

Não adiantava. Como podia eu procurá-la? Por que deveria procurá-la? O que poderia trazer-lhe a não ser um retorno à selvajaria brutal que a havia derrotado? Voltei caminhando na alvorada, tristemente na alvorada. As colinas a tinham agora. Deixem que essas colinas a escondam! Deixem-na voltar para a solidão das colinas íntimas. Deixem-na viver com pedras e céu, com o vento soprando em seus cabelos até o fim. Deixem-na seguir aquele caminho.

O sol estava alto quando voltei à clareira. Já fazia calor. Na porta da cabana, estava Sammy.

— Encontrou-a? — perguntou.

Não respondi. Estava cansado. Observou-me um momento e desapareceu dentro da cabana. Ouvi a porta sendo trancada. Lá longe, através do Mojave, erguiam-se os vapores do calor. Subi lentamente a trilha até o Ford. No assento, havia um exemplar do meu livro, meu primeiro livro. Achei um lápis, abri o livro na folha de guarda e escrevi:

A Camilla, com amor,
Arturo

Levei o livro uns cem metros para dentro da desolação, no rumo sudeste. Com toda a minha força, joguei-o para longe, na direção em que ela sumira. Entrei então no carro, dei a partida e rodei de volta a Los Angeles.

JOHN FANTE nasceu no Colorado, em 1909. Frequentou a escola paroquial em Boulder, e o Ginásio Regis, um internato jesuíta. Frequentou também a Universidade do Colorado e o Long Beach City College.

Começou a escrever em 1929 e publicou seu primeiro conto em *The American Mercury*, em 1932. Publicou inúmeros contos em *The Atlantic Monthly*, *The American Mercury*, *The Saturday Evening Post*, *Collier's*, *Esquire* e *Harper's Bazaar*. Seu primeiro romance, *Espere a primavera, Bandini*, foi publicado em 1938. No ano seguinte, saiu *Pergunte ao pó*. (Os dois romances foram republicados pela Black Sparrow Press.) Em 1940, uma coleção de seus contos, *Dago Red*, foi publicada e está agora reunida em *O vinho da juventude*.

Nesse meio-tempo, Fante ocupou-se amplamente em escrever roteiros de cinema. Alguns de seus créditos incluem *Full of Life* (Um casal em apuros), *Jeanne Eagels* (Lágrimas de triunfo), *My Man and I* (Sem pudor), *The Reluctant Saint* (O santo relutante), *Something for a Lonely Man*, *My Six Loves* (Meus seis amores) e *Walk on the Wild Side* (Pelos bairros do vício).

John Fante foi acometido de diabetes, em 1955, e as complicações da doença provocaram a sua cegueira, em 1978, mas continuou a escrever ditando à sua mulher Joyce e o resultado foi *Sonhos de Bunker Hill* (Black Sparrow Press, 1982). Morreu aos 74 anos, em 8 de maio de 1983.

Em 1985, Black Sparrow publicou os contos selecionados de Fante, *O vinho da juventude* e dois romances inéditos do início de carreira, *The Road to Los Angeles* e *1933 Was a Bad Year*. Em 1986, publicou duas novelas inéditas sob o título de

West of Rome. Full of Life e *The Brotherhood of the Grape* foram republicados por Black Sparrow, em 1988.

Em 1989, Black Sparrow publicou *John Fante & H. L. Mencken: A Personal Correspondence 1930-1952*, e, em 1991, as *Selected Letters: 1932-1981* de Fante. Mais recentemente, no ano de 2000, publicou uma coletânea final de ficção, *The Big Hunger: Stories 1932-1959*.

Este livro foi composto na tipografia
Classical Garamond BT, em corpo 10,5/15, e impresso
em papel off-white no Sistema Digital Instant Duplex
da Divisão Gráfica da Distribuidora Record.